悦讀紀
ENJOY READING ERA
憧憬美好
相信爱情

—— 阅读改变女性·女性改变未来 ——

其实你拥有一切, 什么都不缺

Qi shi ni yong you yi qie
shen me dou bu que

慕容若兮 著

五堂人生的必修课　翻转生活中的迷思

青岛出版社
QINGDAO PUBLISHING HOUSE

图书在版编目（ＣＩＰ）数据

其实你拥有一切，什么都不缺 / 慕容若兮著. — 青
岛：青岛出版社，2016.5
ISBN 978-7-5552-3713-6

Ⅰ.①其… Ⅱ.①慕… Ⅲ.①散文集－中国－当代
Ⅳ.①I267

中国版本图书馆CIP数据核字(2016)第051699号

书　　名　其实你拥有一切，什么都不缺
著　　者　慕容若兮
出版发行　青岛出版社
社　　址　青岛市海尔路182号（266061）
本社网址　http://www.qdpub.com
邮购电话　010-85787680-8015　13335059110
　　　　　0532-85814750（传真）　0532-68068026
责任编辑　那　耘
选题策划　郑新新
版式设计　智善天下
印　　刷　三河市南阳印刷有限公司
出版日期　2016年5月第1版　2016年5月第1次印刷
开　　本　32开（880mm×1230mm）
印　　张　8
字　　数　100千
书　　号　ISBN 978-7-5552-3713-6
定　　价　35.00元

编校质量、盗版监督服务电话 4006532017
青岛版图书售后如发现质量问题，请寄回青岛出版社出版印务部调换。
电话:010-85787680-8015　0532-68068638

目 录

content

其 实 你 拥 有 一 切 ， 什 么 都 不 缺

关于生活

About life

别人的朋友圈

国庆节的时候我做了一个囊肿手术，因为没有拆线，便没有出门旅行。躺在病床上的人是最无聊的，于是翻看微信朋友圈就成了我每日必做的功课。这个假期，老张去了泰国，老王去了云南，老李去了张家界，朋友圈里千奇百怪晒风景，别出心裁秀恩爱。

没出门的大云来看我，见我刷朋友圈，忍不住开口道："真羡慕那些有钱有人又有时间出去玩的人。"

大云是我为数不多的几个从初中开始交往到现在的朋友，她为人实在又善良，唯一的缺点是有点爱钻牛角尖儿。她点开我们一个共同朋友的微信相册，这个假期朋友和老公、儿子一起去了海南，蓝天白云，大海沙滩，一家三口笑容满满，甜蜜可人。

"看看人家这日子，这才叫生活。哪里像我，没钱也没人陪！"大云自嘲地笑笑。

我低头看着照片上这个女子灿烂的笑容。可是谁又能想到，就在她准备出门玩的前几天，她和老公还因为行程问题大吵了一架，老公一怒之下给了她一巴掌。她跑到我家跟我哭诉，我也很是心疼。她说自己结婚六年，和老公的关系一天不如一天，两个人经常发生争执，稍有不如意，就是拳打脚踢。现在，她的精神近乎崩溃，身体也出了问题，就连在睡梦里，两个人都在吵架，甚至会梦到自己用棍子把老公狠狠地揍了一顿。

然而，她的这些痛苦，却不为人知。

在当今的社交媒体上，每个人都在积极热情地向别人展现自己生活积极向上的一面。与此相反，那些不愉快、不顺心以及黑暗的一面，人们却用委曲求全和遮遮掩掩的方式隐藏。似乎只有这样，人们才能证明自己生活得多么幸福，多么值得他人艳羡。

虽然每个人都知道这样不好，但是每个人几乎都在这样做。用老话说，这就是"打肿脸充胖子"。

当你打开形形色色的社交软件，浏览朋友们的信息时，是不是总会心里难受？凭什么自己的生活不如意，而他们却这样幸福呢?

每当这个时候,你是不是总是愤愤不平,原本的好心情也变坏了呢?

/ 2 /

我家先生有一个同学,房子跟我们买到了同一个小区。他们结婚那天我们都去了,女方家里很有钱,送了几十万的汽车。我们私下都在说,这小子可真有福,一下子省了买车钱,媳妇家再陪送点嫁妆钱,这小日子,一下子就甩了我们老远。

度蜜月俩人去了巴厘岛,看他发的照片都是美景美食加美女,更有各种秀恩爱。我在家里跟先生聊天,也忍不住酸溜溜:"看人家,这么浪漫,还在沙滩上摆蜡烛,当年你对我可没有这么用心。"

先生伸手把页面给我关上:"这才到哪里,真正过日子哪里有这样的,每天都这么激情,还不得把人累死! 你呀,还是洗洗睡吧!"

再后来也常见他们二人同进同出,可是渐渐地,我们就只看见女的一个人开车上下班,而他却骑上了他结婚前骑的小电动车。

直到有一天,他提着酒来我们家吃饭。酒过三巡,

其实你拥有一切,什么都不缺

人微醉，我问他怎么不开车上下班了。他将手里的筷子重重一放，眼圈微红着跟我说："嫂子，人家看不起咱啊！那车，是人家娘家给闺女买的代步车，跟咱半毛钱关系都没有！兄弟我连把钥匙都没有，想开车还得看她心情好不好！我这心里，憋屈啊！"

他一番哭诉，让我和先生面面相觑。

再后来，便听到了他离婚的消息，我们唏嘘不已。

我们最常做的事情，就是把别人的幸福放大，放大到往往会忽视其背后的那些苦难，所以认为别人的生活怎么看都是幸福的；在看待自己的生活时，我们总喜欢缩小自己的幸福，放大自己的烦恼，所以我们对自己的生活总有太多的不满。

/ 3 /

虎妈给我打电话的时候，我正撅着屁股蹲在树下陪六姑娘观察蚂蚁搬家。

虎妈说亲子中心最近开设了一个与逻辑思维有关的课外辅导班，呼唤我和她一起带孩子报名听课。我低头看了看才三岁的小屁孩，想象着逻辑思维这个复杂的词语，想来想去，觉得这个词怎么也扣不到她的头上。见我犹豫，虎妈索性问了地址杀过来。

二十多分钟后，虎妈出现在我们娘儿俩面前，二话不说，就把那大屏手机塞到我手里："看看人家的孩子！逻辑思维有多重要，多重要！"

虎妈的朋友圈简直就是一个小型亲子教育基地，里面的照片都是某某孩子通过什么什么教育获得了什么什么奖，感谢什么什么培训锻炼了孩子什么什么思维，一张张照片看得我目瞪口呆。虎妈伸过头顺手点开其中一个好友，照片上的女子怀抱孩子，手拿奖杯，一脸灿烂。

"这个是虎子的同学，他就是通过逻辑思维训练，获得了这个奖项！啧啧，怎么样，要不要一起去听听课？不要让孩子输在起跑线上啊！"虎妈一脸期待地望着我。

我摇摇头，指指正在拿树枝戳蚂蚁洞的六姑娘说："我小时候，我妈常拿我和大表姐比较，表姐考了多少多少分，表姐怎样怎样。我特别讨厌这种比较，因为每个孩子都是独一无二的。你只看到了照片上的荣誉，又怎么会知道孩子是不是真正快乐呢？小孩子的天性就是玩，何必要在他们最快乐的童年里给他们添加这么多枷锁呢？我不去！"

其实我还想说：你何必活在别人的朋友圈里呢？

自从有了朋友圈，这种社交平台仿佛就成了神一样的存在。我们通过和别人晒出来的东西对比，活在别人生活的世界里，也很在意别人如何看待自己。像虎妈这样，别人做什么自己就一定要做什么，别人拥有什么自己就一定要拥有什么的，大有人在。

我们总是盲目跟风，追求与他人一样的经历，希望自己能变得跟他人一样。然而，很多人却不知道，我们花了那么多时间在别人身上，最终的结果只能是失去了自我。

/ 4 /

周末的时候，我跟两个好友去逛商场给孩子们买衣服。不知道是不是抠门的思想作怪，自从有了网购，我就再也看不上商场里那些高价的童装了。我总觉得就是件衣服，孩子身体长得快，没必要白白浪费钱。可是同去的小月并不赞同我的想法，我们陪她在几个童装专柜前逛来逛去，最后敲定了一条299元的牛仔裤。

我低头看了看自己身上这条在某宝上买的100多块钱的牛仔裤，又看了看那条给两岁小屁孩穿的牛仔裤，真心觉得不值。

结账的时候，导购小姐亲切地问小月："您是刷卡还是现金？"

小月想了想："刷卡！"随即从包里掏出卡包，一张张翻起来。我伸过头去，好家伙，各大银行的信用卡俱全。

　　同去的燕子也忍不住多看了几眼小月的卡包，低声对我说："真是有钱人啊！"

　　回到家，我翻了翻六月的衣橱，愣是没翻出一条超过100块钱的裤子，于是在微信上忍不住跟燕子吐槽："是不是我对六月太抠门了？看看人家孩子穿的，再看看我姑娘的，怎么感觉这么寒酸呢？"

　　燕子在那头笑话我："被刺激着了啊！一个人一个活法，你做好自己就行了，想这么多干吗。"

　　我莞尔一笑。

　　知道小月出事是两个月以后的事了，因为透支信用卡过度，小月欠下了近百万的账款。为了还信用卡，她又借了高利贷，结果利滚利，反而让雪球越滚越大。她老公知道后，一怒之下和她离了婚，孩子跟了爸爸。为了还账，小月娘家只得卖了房子帮她把窟窿堵上。听到这个消息，我的眼前浮现出那天她拿出那些信用卡的情景。

　　世间诸事，皆有因果。

　　我和燕子去看小月的时候，她早已不是那个曾经充满活力和自信的女子了，我从她如同枯井般的眼睛里看到了深深的懊悔。

回来的路上，燕子让我去看看小月自从结婚后发的朋友圈，看完后才发现，小月真正的改变是从她拥有第一件奢侈品开始的。那是一款爱马仕的包包，她在朋友圈发了自己提包的照片，然后写了这么一句话：女人一定要让自己过上有品质的生活。再往后看，相册里都是琳琅满目的名品，老公和孩子身上都是各种名牌，家装电器也是进口大牌的。我突然想到，她不过是一名普通的白领，老公是一名普通的职员，双方父母也是普通老百姓，是什么让她拥有了如此强大的财力和胆量呢？

大概，应该是信用卡和填不满的欲望！

燕子说，小月的儿子上的幼儿园是贵族式的，通过家长活动，小月和几个妈妈加了好友，从别人的朋友圈里，小月看到了自己与别人的差距。同样是孩子，为什么别人的孩子可以穿名牌，出入豪车接送，坐飞机到各地度假旅行，自己的孩子却不能拥有这些呢？过度的攀比让她昏了头，她透支了自己所有的信用卡，每次想要收手时，却发现自己已经在这个怪圈里无法自拔。

我们无法选择自己的出身，也无法选择自己的父母，甚至无法选择自己会长成什么样子。但是我们可以选择自己的工作，可以选择自己的朋友，也可以选择自己的另一半。朋友圈里最近总是流行这样一句话：圈子不同，请勿相融。我们都有自己的一片天地，何必非要挤进与自己毫不相干的圈子呢？

照片上光鲜亮丽，就真的光鲜亮丽吗？那些透支而来的财富，就真的属于自己吗？其实，找对自己的位置，找准自己的方向，在这个物欲横流的社会里坚守自己的初心，才是真正的高贵！

/ 5 /

叶子姑娘人长得很一般，属于丢在人群里一眼挑不出来的那种，可她却是个有钱人。

我们俩的交情始于一次交通事故，她骑着一辆雅马哈电动车撞上了我的自行车。叶子姑娘很不好意思地跟我道歉，我们交换了联系方式，一来二去，我们俩就成了朋友。加上她微信后我才知道，原来这厮是个名副其实的有钱人，不过，也是一个与众不同的有钱人。

她买菜会讲价，出门会骑电动车，买洗发水也会货比三家，甚至买双袜子都要去批发商城。她父母经营一家铸铁工厂，老公也在里面工作，说白了就是家族企业，家里本来是想让她去自家工厂做财务，但是她愣是不愿意。她住在一栋三层小别墅，家里有好几辆车，甚至有自己的健身房。你以为她是米虫？大错特错！她是某211大学毕业的高材生，是我们这里一家著名企业的财务总监，属于拿年薪的那种人。

我一直以为这种人应该是生活在电视剧里的，可是没想到在现实生活中还真有。穿上套装和高跟鞋，她是写字楼里的女总监。脱下这些，她就是日常生活中的平凡女子，爱做饭，爱臭美，还抠门。

说起她的抠门，我都怀疑她小时候有过一段悲惨人生。吃火锅的时候，她总是默不作声地把剩下的菜打包，把调料打包，甚至带走剩下的几张餐巾纸。

我笑她小气，她却笑笑跟我说："你是不是觉得有钱人就得大口吃肉大口喝酒，肆意挥霍，视钱财如粪土？"

我说："难道不是？"

她一边开车一般跟我说："你们都被电视剧带坏了，天上没有掉馅饼的事，财富也不会凭空而来。你不知道，我其实挺羡慕你的，因为你不用操那么多心。可我们不行，几千人的公司，我们要是不用心，就会有很多人吃不上饭，没有工资拿。不是所有有钱人都特别逍遥。我这个星期回家看我爸，他为了周转贷款的事，头发都快白透了。其实我挺心疼他的，你想，他要是一个普通的小老头，这个时候也应该退休回家，含饴弄孙了。可是他不行啊，他还得为工厂里大大小小的事忙碌，真是人前显贵，人后受罪！"

她说这些话的时候，我真想把小月喊过来听听。财富这个东西，从来都不会轻易得到的，那些有钱人的背后，是你看不见的忙碌和辛苦。你看到的是别人晒在朋友圈里充满阳光的日子，可是你却没有看到照片背后的那些汗水和泪水。只有真正付出过，才懂得财富来之不易。

抠门的叶子姑娘，依旧爱骑着电动车到处溜达。而出手阔气的小月，衣橱里全是名牌。我们常常会通过别人的外在形象来判断一个人，却往往会在相处之后惊讶地发现，原来他并没有看上去那么光鲜亮丽。我们常常会羡慕一个人很有钱，但是经常会在深交之后明白，原来有钱人也会羡慕其他人。

说白了，在这个社会上，谁的生活都不容易。外表光鲜的富豪，或许正饱受健康问题的困扰；美丽漂亮的姑娘，或许正为工作烦恼；开着宝马、戴着名表的人未必真正幸福，而骑着自行车一路狂奔的人未必不幸福。

每个人都有自己的烦恼，都会被生活所考验，都会被心里的欲望和需求淹没。你所看到的，仅仅是他们发到社交媒体上的生活，而那些生活，并不真正属于他们。所以，对于别人的朋友圈，大可不必太羡慕。

夜深人静的时候，刷刷朋友圈，看着那些光鲜亮丽、幸福美满的照片，请对他们报以善意的微笑。闭上眼睛想想自己，我们要做的，不是在羡慕过后努力伪装成那样的人，而是要在羡慕之后，依旧做回自己。

我们可以不漂亮，可以没有名牌衣服，可以没有汽车，可以没有很多很多钱，也可以没有一份满意的工作。但是，我们要有干净的脸，要有整洁合体的衣服，要有一颗善良的心，还要有一个脚踏实地的目标。

千万不要因为羡慕谁，而去模仿谁；千万不要因为羡慕谁，而丢失了自我。虽然人人都有虚荣心，人人都想把生活过得精彩万分。可是我想说，当你关上手机的那一刻，请回到现实，做好你自己，活在当下。

别让负能量毁了你

/ 1 /

2012年3月的时候，我准备跨专业考二级建造师。那个时候六月才刚满月，老公给我买了教科书和试卷，我便开始了一边当奶牛一边当拼命三郎的生活。考试在6月份，我还有3个月的时间可以看书，好在单位给了半年产假，时间虽算不上充裕，但也自由。婆婆白天帮我看六月，我抽空就看会儿书，日子也算过得充实。

书看到一半的时候，好友云朵来了。一推开卧室门，云朵便愣住了，在我凌乱的大床上，一半是厚厚的卷子和书，一半是自己躺在床上玩得不亦乐乎的六月。见她来，我放下书招呼她："来来来，陪六月玩一会儿。"

"我说你干吗呢？"云朵好奇地走过来，翻了翻我堆在床上的书。

"准备考试啊！"

"我的天，你有病吧！刚生完孩子你就开始用眼睛，你眼睛还要不要！还有你看看，你让孩子自己玩，这样对孩子不好！再说了，这书你能看懂啊？这建筑上的东西，你又没有接触过，你能考过去就见鬼了！"

那个时候我还没有现在的气定神闲，反而真的因为她这几句话而有点心神不宁。我翻翻自己已经做完的几份卷子，那分数果真惨不忍睹。

"你说说你，又不是要做包工头，自己的工作也用不着这个，你发什么神经呢！快点收拾起来吧，有你这么当妈的吗？你也不知道抱抱孩子，给孩子点安全感，不知道婴儿时期的宝宝最需要妈妈的怀抱啊？"

我的心灵防线在她强大的攻势下彻底瓦解，于是我把书收拾起来，开始专心哄孩子。而且，我还非常心安理得地向老公解释，隔行如隔山，我现在精力有限，没有办法一边看孩子一边学习。言之凿凿，诚恳万分。

我把自己都感动了，老公却不想理我。

考试很快来了。考场上，我发现所有的题目都似曾相识，所有的答案却又稀里糊涂。很自然，三门考试，我一门也没有过。

考完后，我的心里有莫名其妙的感觉，晚上翻来覆去睡不着。老公在黑暗里慢悠悠地说："我早知道你考不过去。"

我"嗯"了一声。

他说："你有没有想过，你刚开始为什么要考二级建造师？刚开始的时候你非常努力，可是为什么到了一半你就放弃了呢？"

我想了想，考二级建造师是因为这个证书含金量很高。当时和几个高学历的朋友聊天，大家一致建议我去考考，以后说不定能用上，所以我决定去考试。放弃是因为孩子？哦，不对。是因为云朵跟我说的话？似乎也不对。好像是我自己的问题。

见我久久不回话，老公开口了："你是一个很容易被别人左右情绪的人，当你的正能量朋友给你正能量的时候，你开始了一往无前、奋斗努力的日子。可是当有人用负能量影响你的时候呢？你是不是也被影响了？她嘴上说是为你好，但做的事情却让你充满负能量。你觉得这是一个真正的朋友应该做的吗？充满负能量的人，从来都不相信人生是可以自己掌握的，然而很多事情通过努力是可以实现的。他们不仅自己没有执行力，还会妄图把身边比她勤奋的人拉下水。很不幸，你中奖了。"

我认真想了一会儿，确实是这样。语言上的负能量虽然不可怕，但是却要看说出这话的人是谁，才会对自己的心理产生怎样的影响。云朵是我的好朋友，所以我潜移默化地被她感染，再加上自身的惰性，导致了考试失利。说起来，问题的关键还是在于自己的意志不够坚定。

生活中，我们身边总会潜伏着一两个充满负能量的人。他们有的爱抱怨社会，有的爱批判别人，有的甚至还会打着为你好的旗号，不让你前进。他们总以为自己说的都是对的，一旦你真的放弃或者失败，他们便会跳出来说："你看，让我说对了吧！"

可是，负能量并不等于事实，人家明明可以做到，却劝人轻易放弃，让人连合理的进取心都丢失了，这是误人子弟。

一味地为了维护自己的观点而维护，是心虚的表现。就像我们交朋友，明明讲的都是一段苦痛经历，负能量会让你谴责他人的问题，推卸自己的责任，自怨自艾，抱怨社会的不公平；而正能量则会告诉你，即使再苦，我依旧可以通过努力去改变一些。

所以，当有人再告诉我，做什么什么会失败，做什么什么没意义的时候，我都会笑着告诉他们："谢谢，再见！"

/ 2 /

大二的时候学生会竞选，我被辅导员推荐去参加院卫生部部长竞选。演讲词是我自己写的，在宿舍里背词的时候，获得了舍友们的一致好评。竞选那天，辅导员号召全班同学去礼堂给我加油打气，轮到我的时候，畅快淋漓一气呵成。随后整个礼堂掌声雷动，我甚至看到了人群里的辅导员脸上兴奋的表情。

可惜的是，这个部长的职务最终被一个学姐获得，但是我也被一起参加竞选的老师和同学记住。虽然有点小小的失落，但我还是很开心，毕竟掌声雷动让我也小小地虚荣了一回。

就在我和舍友一起聊着天回宿舍的路上，同班的女生周倩从后面走过来，漫不经心地对我说："就算整个礼堂的人都为你鼓掌又怎样？最后还是没选上啊！"

她的话让我们一愣。

我小心翼翼地问舍友："我有没有得罪过她？"

舍友摇摇头，冲她撇撇嘴，转过头来安慰我："别理她，她一天不打击人就会死。隔壁的丽丽英语不好你知道吧，头几天我在她们宿舍玩，丽丽说要准备考研，结果周倩听到后冷哼一声，你猜她说啥？"

我不解。

"'你那英语水平也就忽悠一下初中生，我真怕你到了考场上会哭。学英语需要天赋，天赋这东西你有吗？'这话气得丽丽差点要跟她打起来。她还说丽丽这是心虚，自己把她看透了。这种事在她们宿舍可多了，在她眼里，所有人都在做无用功，都不如她清楚明白。"

听到这里，我真的有点佩服这个姑娘如此自以为是而又强大无比的内心世界了。现在想想，她果然是我们这群女生里最不合群的一个，因为她总是一副"我早就把你看透"的模样，不会说半句让人舒服的话。

其实，这也是一种负能量，一种叫作自以为是的负能量。这种人常以居高临下的态度来审视别人，必要时会口出"天下皆醉我独醒"的话，以为自己能点破他人内心，觉得他人失败时应该痛哭流涕，高兴时也不能喜形于色。

我们在世上做任何事情，都需要保持冷静的头脑和良好的心态。成功的喜悦和失败的悲伤，是我们必须经历的两种情绪。我们无法去模仿他人的成功，所以只能走一条属于自己的路。在路上，我们需要的是一路相伴、一路支持、一路帮助的朋友，而不是在你悲伤时告诉你他早就知道会这样的人，也不是在你失败时告诉你你的才能根本就支撑不起梦想的人，更不是教育你如何用他的经验来避免失败的人。

我觉得，比起语言上的负能量，这种潜移默化用负能量影响你的人，更让人觉得可怕。他们自己不会成功，因为他们连尝试的勇气都没有。他们固步自封，坐井观天，甚至觉得自己已经掌握了某些方面的规则，企图用规则来教育他人。

遇到这种人，最好的办法就是不理不睬，让他活在自己的世界，千万不要和他有任何交集。不然，你注定会爱错人，生错娃，嫁错郎，入错行，一生孤苦，穷困潦倒，最后，变成一个和他一样清醒而又孤傲地看待这个冷漠世界的人。

/ 3 /

刘松第N次搞坏了办公室里的打印机，他不好意思地冲我们笑笑，然后打电话给技术部的张铭，麻烦他上来修一下。

刘松和张铭是今年一起进公司的，俩人一个大学毕业，听说还是同班。加上听说这个词，是因为我个人觉得他和张铭似乎不是很合得来。张铭很快就上来了，几分钟后，打印机恢复了正常。小伙子一边跟我们打招呼，一边顺手提起水壶，挨个给我们三位女士的茶杯续上了水。

其实打印机的问题很简单，不能工作的原因就是卡纸，只要认真阅读打印机上的提示，就会明白怎么做。

他们俩刚来报道的时候，我还是很高兴的。毕竟公司很久没有招新人，我们这些老员工也缺少新生力量。同屋的领导满脸羡慕地看着宣传科挑走了刘松，那是多么机灵的一个小伙子啊，见人三分笑，爱打招呼爱说话，手脚勤快还不怕苦累。回过头来看看跟着我们的张铭，每天早上按时上班，提水倒水，分发报纸，然后就坐在自己的位置上看书。他不喜跟我们这群老员工聊天，不跟我们网购，也不和我们谈自己的个人生活。但是张铭最大的优点就是不多言不多语，你安排他做什么他都会认真完成，不管是技术科还是策划科甚至是秘书科，他都随叫随到，帮助大家解决问题。

两个小伙子第一个月综合测评的时候，我给张铭的评价是沉稳、认真。

为了考核他们，在他们实习满两个月的时候，公司让他俩每人交一份关于灯具使用情况的调研报告。其实类似这样的报告，我们公司经常做，他们只要虚心请教，就可以得到我们这些老同事的帮助。

可是，让我大吃一惊的是，张铭居然真的开始出门跑市场做调研。一连五天，他风尘仆仆地跑遍了几个灯具市场，搜集了厚厚的一本资料，甚至还和几个老板成了朋友。他在网上浏览了一遍其他人的调研报告，就果断关了电脑，捧着笔记本犹犹豫豫走过来，问我和同事有关调研报告的事。

说实话，我这个时候已经对这个小伙子的看法有了改观。这是一个脚踏实地做事的人，绝对是一个对工作对生活都认真负责的人。

调研报告很快就完成了，开会的时候，老板点评两人的调研报告，特意提到张铭的报告数据真实，内容丰富，有可读性，一看就知道下了大功夫。而对刘松的报告，老板却只字未提。老板对两人的工作进行了调整，刘松依旧留在宣传科，而张铭则去了最重要的技术科。

会后，刘松的脸上露出无奈的笑容，而张铭则收拾东西跟我们告别，去了技术科。

我听到同事安慰刘松："没事，下次努力就是了！"

刘松叹了一口气，哀怨地说："我们家世世代代都是农民，从来都没有人做过销售和市场调研的工作。而张铭家一直都是做生意的，他从小耳熏目染，所以做这个手到擒来。真是家庭地位决定社会地位啊！"

听到这句话，我一愣。

再后来，我越来越多地听到刘松的抱怨。

"这个东西我从来都没有接触过，而张铭从大学开始就有了电脑，他对电脑了解比我多也是应该的！"

"我很少出门旅游，基本上没住过大酒店。张铭家里有钱，上学的时候他就经常外出，当然知道酒店里的情况了。"

"我不太了解这个产业，我是农民的孩子，大城市的东西我很陌生。"

刘松每次说这种话的时候，我都听到他在向别人解释他做得不好是因为自己出身不好，导致他事事不如人。

终于有一天，刘松的上级领导忍不住了，当着我们的面斥责了他一顿："每个人都不可能选择自己的出身，但是我们可以选择自己的未来！你是农村人怎么了？我也是农村出来的孩子！我还不如你，你起码还能考上这么好的大学，有一份拿得出手的学历。我说我高中学历你信不信？别老是觉得自己是农村人就跟个事儿一样！你简直给我们农村人丢脸！"

我们都以为他会有醍醐灌顶的觉悟，可是他却摇摇头："我考大学的时候，每天就睡三个小时。就是因为没钱，我军检没过。至于好大学，只要有钱有权，分数算个什么！"

领导被他气得摔门而去。我心里暗暗叹了一口气，这简直就是一个负能量晚期重症患者。

刘松把所有的问题都推给了自己的出身和经济上的困难，甚至都没有好好想一想，自己遇到的这些问题要怎么解决。他永远活在他自己的负能量圈里。

他看不到张铭做调研的时候经历的那些辛苦，也看不到在他自己跟别人胡侃的时候，张铭在默默地看专业书，甚至看不到张铭在面对和自己同样陌生的东西时，那种求知若渴的积极。这个世界上，最可怕的，永远是那些比你过得好还依旧努力的人。

最简单的道理，在这个世界上，从出生开始就注定了每个人都会有不同的生活轨迹。有人富贵，有人贫穷，有人显贵，有人平凡，有人出生就是王子，有人出生就是普通人。我们不管从电视上还是从书本上，都可以知道，普通人要想和王子并肩，要付出的辛苦，经历的苦难，都将比王子多很多。

人的出身会决定他在少年时期所拥有的人脉和见地，这是事实，是我们无法改变的事实。可是，我们就没有办法改变自己长大后的人脉和见地吗？我们可以努力学习，考上跟他们一样的大学；我们可以努力工作，和他们进入同样的世界五百强企业；我们还可以认真生活，和他们一样享受美好。

可惜，刘松始终没有明白这个道理。当试用期结束的时候，他被辞退了。临走的时候，他在电梯里跟我说："姐，其实我昨天就知道，走的会是我。"

见我不解，他低声说："昨天晚上下班，我听到张铭给他爸爸打电话，说让他送点东西过去……这个社会，出身决定了一切啊！"

听完这句话，我突然不想再跟他说什么。昨天那个电话说了什么我不知道，但是我可以肯定的是，张铭并没有用金钱来打通关系，他之所以留下，是因为他真的是个非常优秀的年轻人。

你看，负能量真的很强大，它彻底摧毁了刘松整个人，甚至他的整个生活。我不知道他未来的路会怎样，但是我却知道，如果他一直这样怨天尤人，等待他的只能是一事无成。

/ 4 /

这个故事在我心里埋藏了很久，我一直犹豫要不要写。对此，冯先生说："当你把曾经最不堪的往事都能风轻云淡写出来的时候，你就真的强大了。"

我是家中长女，从小家教就很严。我家皇额娘笑起来慈眉善目，怒起来却凶神恶煞。我很难想象为什么这两种截然不同的性格会同时出现在一个女人身上，直到我做了妈妈才真正明白。

大学毕业那年，我执意要去外地工作，可是皇额娘不允许，将我安排到她自己的单位实习，于是我们便开始了上班在单位吵，下班在家吵的模式。可惜我始终处于弱势，没几分气焰就被皇额娘的大招拍成内伤。

直到最后一次，因为一张设计图纸，我们娘儿俩在办公室当着同事的面吵了起来。皇额娘大声谴责我："计算机白学了，这么简单的设计都做不出来！真不知道这几年你都在大学里干了些什么！除了会在网上写乱七八糟的东西，你还学会了什么？"

我被她激将得大喊："写作是我的梦想！"

结果换来的是劈头盖脸的一堆文件，强悍的皇额娘把整整一摞图纸丢在了我的脸上，一字一句地告诉我："收起你不切实际的梦想，给我好好画图！没能耐就没资格在我跟前叫嚣！"

可我认为，CAD我考了90多分，我的课题在班里排名前五，我是我们学校推选的优秀毕业生，我甚至觉得自己完全可以凭自己的本事吃饭。我不怕困难重重，也不怕他人质疑，甚至都可以不顾他人那种任人唯亲的眼光来你单位工作。可是你却全盘否定了我，否定了我的一切。

这个世界上，最可怕的负能量，是家人带给你的！

那段时间的皇额娘简直就像是到了更年期的神经质，一有机会就在我面前喋喋不休，说我小时候让她操了多少心，花了多少钱，以此来让我明白我应该多么珍惜现在的生活。而我总是针锋相对，生我养我是你的责任，你们还体罚我呢，怎么不说！更变态的是，每当我表现冷漠时，她就会变本加厉，反复念叨着隔壁家或者同事家的孩子有多好。可笑的是，每当她说起她欣赏的孩子时，那个人必定成为我讨厌的对象。

更让我厌恶的是，她总是会说谁谁谁家的孩子，大学时候安心学习，考了什么什么单位的事业编，谁谁谁家的孩子，考了什么什么单位的公务员。若是原先她的话是为了激励我，那么现在这些话已经变成了对我赤裸裸的讽刺。

负面情绪在我身上不断地蔓延！

我们必须得承认，在人和人的相处交往中，负面情绪都会相互影响，人性的弱点之一便是害怕面对他人的负面情绪。有不少人和文章都会教导你，要极力避开那些充满负能量的人，因为负能量会传染，跟一个充满负能量的人在一起久了，你似乎也会被拉进那黑色的痛苦深渊中。

那段时间的我，想要离开这个家的念头越发坚定。

让我彻底做出改变的是来自辅导员的一封电子邮件，信上说有个出版社后天会到学校招聘，她觉得很适合我，问我有没有兴趣试一试。

于是，我毅然决然地跟皇额娘谈判，如果我能靠自己的能力应聘成功，就放我走！如果不行，我就乖乖回家准备考试。

天下没有不爱自己孩子的母亲，皇额娘听完我一番诉求，突然叹了口气，同意了我回学校应聘。当时我开心得差点就要蹦起来，可是她并不高兴。

不久，我顺利通过应聘，开始了我自己争取来的第一份工作。我觉得自己的价值重新得到了肯定，从而更加疏远了那个曾经丝毫不留情面伤害我的老太太。

由于工作性质的原因，我频繁出差。皇额娘给我定下了死规定，到哪里都必须打电话汇报，住什么酒店必须汇报，晚上睡觉前必须用酒店的电话给她打过去。如今看来，这是一个母亲在用自己的方式保护着女儿，而在当时，我却讨厌极了这样处处被关注、处处受牵制的关心。

工作压力很快就让初出校园的我力不从心，我开始抑郁，排斥一切的失败和错误。我们必须得承认，生活中的负能量是真实存在的，你无法逃避。你甚至都不知道从什么时候开始，就有了这些莫名其妙的负能量。

于是我开始给自己开解，买了很多心灵鸡汤的书。可是，一碗碗鸡汤喝下去，一点作用也没有，什么实际问题都没有解决。那些盲目乐观的话语，那些"一定会好起来"的心灵鸡汤很多时候只是让你掩耳盗铃，让你与真实的感受和世界隔绝罢了。

好在我还有一群朋友。老刘是我生命中最重要的一个朋友，是他帮我度过了那段最苦闷、最难熬的日子。我们俩在公司门前的台阶上吃雪糕，看星星，我跟他说我心里的烦闷，他并不像其他人那样安慰我，反而用他自己的方式帮助我。

老刘说，敢于面对血淋淋的事实，才是真正的勇士！这个社会，越来越多的话题是提倡和宣扬正能量的，可是对于负能量，我们应该怎么办？负能量在这些正能量面前，只能被压制，闷在我们的心里。时间长了，人要是不得心理疾病，那就是这个社会病了。

在跟他吃了一个月的雪糕之后，我决定跟皇额娘好好谈谈。我知道我所有的问题都来源于她对我的不肯定，不认同。而我以为的这些，就真的是她真实的想法吗？

于是我拨通了皇额娘的电话，一通电话打了足足两个小时。我们娘儿俩都哭了，这是许多年来，我们第一次这样掏心掏肺地聊天。通过这个电话，我知道了她的压力，明白了她的苦衷，甚至已经开始理解她为什么要这样对我。

我想，一切误会与伤害在亲情面前，都会被原谅。血浓于水，无论你遇到过什么，经历过什么，那个你爱的、爱你的人，会一如既往地守在你身边，用她自己的方式给予你关心和照顾，这人就是你的家人。

我想说，我们活在这个世界上，有正面的情绪，也会有负面的情绪，负面的情绪是无法避免的。如果我们的朋友正在遭遇失恋、离婚、患病、亲人离世等生命不能承受之痛时，我们若真心爱他，就不要让他忘记，不要劝告和说服，更不必催他赶快好起来。

请给生活中的负面感受一个出口，给身边亲爱的人表达负面感受的机会，给他们一个陪伴、倾听、接受、同理、包容的机会，最终一切真的会好起来。

你甚至可以去忽视这些糟糕的情绪，对其视而不见。或许有一天，你会发现，在那些负能量背后的，也许是一碗滚烫的鸡汤。

其实你拥有一切，什么都不缺

看清自己，比任何都东西都重要

/ 1 /

曼妮是我大学时候同宿舍的好姐妹，毕业后去了济南发展，现在是一家大公司杭州分公司的总经理，这次她回山东办事，我为她接风。

老同学见面免不了追忆当年，感慨现在，展望未来。聊着聊着，就聊到了现在职场上的一些事情。曼妮给我讲了一个他们公司刚刚发生的事。

俞小姐是曼妮公司里的一名员工，她头脑灵活，既能干又勤奋，所以，曼妮十分器重她。凭借着出色的能力，几年后俞小姐便升任为公司的公关部经理，前途一片大好。

由于在商场中摸爬滚打了很多年，俞小姐的业绩也是有目共睹的，所以她在商场中有了一定的声誉，很多客户都会对她高看一眼，这让俞小姐十分有成就感。正是因为自恃业绩出色，俞小姐不仅在公司里觉得自己很了不起，甚至在一些宴会中显得异常活跃，风头常常盖过曼妮这个正牌总经理。

就这样，俞小姐在公司里的人缘越来越差，很多同事对她的行为颇有微词。可是她并没有放在心上，甚至没有觉得自己在宴会上的行为不妥，依旧打扮得光鲜靓丽，活跃异常。

曼妮说："刚开始的时候以为她是新人不懂事，可是后来我发现并不是这样的。客户来拜访我，她接待也就算了，可就连合同的沟通这么重要的事情，她居然也敢代替我和客户商谈。更让人觉得莫名其妙的是，每次不管大型小型宴会，不管我们是客方还是举办方，她都喜欢让自己成为全场的焦点。老同学，你应该知道，职场中最忌讳的，就是不知分寸。她这是典型的自寻死路，无可救药。"

最近一次，总公司在杭州举行盛大的宴会。一切都准备就绪后，宴会开始了。按照规定，在宴会正式开始前，总公司经理和分公司经理要向所有与会者致辞。而在杭州分公司这边，恰巧安排了俞小姐当司仪，负责介绍他们出场。

当总公司经理致辞完毕后，应该轮到曼妮发言。可是，让所有人感到意外的是，俞小姐竟然没有直接介绍曼妮上台，而是自己先说了一番感谢词。虽然只是短短三言两语，但是台下的总公司经理已深深地皱起了眉头。因为作为司仪，俞小姐当时只有介绍领导出场的职责，而没有独立发言的权力。更让曼妮感到惊讶的是，对于总公司经理的不满俞小姐并没有察觉，她依旧一副神采飞扬的样子。曼妮看到总公司经理面色凝重，就知道俞小姐很快就要为自己的自以为是付出代价了。

宴会正式开始了，俞小姐一袭红色晚礼服，在灯光的照耀下熠熠生辉。她踩着八厘米的高跟鞋在人群中四处游走，异常活跃。她端着酒杯，侃侃而谈，时不时还长篇大论一番，使得别人都没有开口的机会。这些都被总公司经理看在了眼里。于是，总公司经理便走过去跟她交谈了起来。

曼妮端着酒杯走过去，和总公司其他几位高层小声攀谈起来，眼睛的余光看到俞小姐正端着红酒对总公司经理笑得花枝乱颤，她在心里为这个姑娘默默叹了一口气。

宴会结束后，总公司经理立即与杭州分公司的领导召开了一个紧急会议。会上，总公司经理提到了俞小姐这个人："在整个谈话的过程中，我试图和她谈论与分工有关的事务。可是她在阐述介绍的时候，全然没有提及曼妮的领导，而是一副总揽全局的样子，似乎她才是杭州分公司的总经理。作为一名公司的普通员工，她的这种行为，让我个人觉得很反感。"

此时曼妮的助理周克忍不住发言了，小伙子早就看不惯俞小姐自以为是的样子。他说："对于俞小姐，我承认她的个人能力很强。但是她处处以自己为中心，似乎根本没把曼经理放在眼里，话里话外总是一副大包大揽的样子，在她眼里根本没有什么上下级之分。我认为这样的人对于公司的发展是没有好处的。"

总经理点点头，把眼光转向曼妮。

曼妮笑了笑，说："俞小姐的能力很强，但是公司是一个团队，团队是要突出合作关系的，而不是突出个人能力。一个人的能力再强，如果融入不到团队里，那她也只能被人排斥。作为团队的一员，我们要学会看清楚自己在团队里的位置，才能更好地为团队服务。"

后来，总公司经理做出决定，让俞小姐走人。

其实，俞小姐并不是一个特别的例子，像她一样因为摆不正自己的位置而毁掉职业前程的，还大有人在。

在日常工作和生活中，如果你没有摆正自己的位置，弄得上司非常没有面子或者不高兴，上司就可能处处给你"使绊子"，或不动声色地给你"穿小鞋"。而你自己却觉得莫名其妙，认为上司心胸狭窄，没有慧眼识人，自己遇人不淑。恐怕许多人都有过这种经历吧。

要我说，既然你是人家的下属，就要放聪明些，学会摆正自己的位置，在自己的职位角度上有节制地表现，切忌轻易"越位"。

如果你是单位的普通职员，可以参与本部门的一些决策，这时就应该注意，谁做什么样的决策，是有限制的。有的决策无关紧要，大家嘻嘻哈哈就能轻松搞定，而有的决策，事关重大，作为小兵卒子的我们，还是不插言为妙。"沉默是金"这条职场黄金法则要切记。

在职场中，正确表明态度，也是一种技术活。如果超越了自己的身份，胡乱表态，不仅是不负责任的表现，而且也是无效的。对带有实质性质问题的表态，应该是由领导或领导授权才行，千万不要在领导一没表态二没授权的情况下，就抢先表明态度，造成喧宾夺主之势，否则只会让领导陷入被动之中，领导要是还喜欢你，那才是见鬼了呢！

也许有人会说，我能正确决策，不胡乱表态，有活抢着干，为什么还不招人喜欢呢？对于工作，怎么干，这里面确实有几分奥妙。大部分人觉得，工作抢着干，是为领导分忧解难的表现。可实际上，有些工作，本来由领导去做更合适，而你抢先去做，就会造成工作越位，结果吃力不讨好。

比吃力不讨好更让人讨厌的是，不该你回答的问题你却回答了。在面对客户问题的时候，有些问题的回答往往需要有相应的权威。作为普通职员、下属，明明没有这种权威，却要抢先答复，只会让领导觉得你在超越职权，不懂装懂。就算你将问题回答对了，可因为你的权威不够，就会让客户觉得你们公司对待客户稍显轻浮，不够尊重。

我们在与客户应酬、参加宴会时，也应适当让领导突出作用。作为一个下属，无论在任何情况下，只要是和领导在一起，都应该不要过于张扬，即便你跟客户再熟，也不要抢先去打招呼。真正大智慧的人，会第一时间让领导突显出来，抢着为领导服务。

我并不是说，在工作中我们一定要做唯唯诺诺的小绵羊。人都有虚荣与攀比的心理，喜欢比上、比好、比胜利，试图在比的过程中找到另类平衡。在这样的前提下，我们总会有意无意地习惯将自己的位置超前，以博取更大范围的认同。这种认同感，往往会让人轻易迷失自我，忘却自己原本的位置。

在职场中，"越位"对上下级关系有很大影响。若遇上心态好的领导，会觉得你这人爱出风头，不够稳重；若遇到心胸狭隘的领导，你这样做便是对他赤裸裸的挑衅。换个角度想，如果你是领导，有一个这样的下属，你会怎么想呢？

我想说，每个人每一天的位置都在变化中，无论你身处何种位置，你都要保持清醒、睿智与冷静。如果经常以超前的位置骗取他人的尊重，结果反而会失去起码的信任。对于摆不正自己位置的人，命运也始终会让他在一种非正常的位置里迷失。

这些惨痛的教训往往就是因为一些不经意的细节造成的。大多数错误，我们都是败在了细节上，因为没有摆正自己的位置，从而引起了领导的反感。从为人处世的角度而言，如果你想达到升职加薪的目的，就必须脚踏实地地干好自己的本职工作，若非自己权限范围内的事情，最好不要随便掺和、插手，这样才不会给人一种不尊重领导或者想要霸占领导位置的感觉。否则的话，你就会受到同事的攻击、领导的防备和打击，将会严重影响到事业的发展。

所以，看清自己的第一步，就是一定要摆正自己的位置，调整好自己的心态！

/ 2 /

去幼儿园接六月回家的时候，我遇到了苏子琪，这时她正左手牵着一个女孩，右手牵着一个男孩，笑语盈盈地跟老师说话。这是我从2009年同学聚会后，第一次见到她。

我走上前去和她打招呼，她看见我惊讶地笑了起来，然后告诉我俩孩子今天第一天上幼儿园，没想到在这里遇到老朋友。

看着她依旧年轻的脸庞，望着俩孩子的时候眼中都是笑意，我想她是真的等到了属于自己的幸福。

我和苏子琪是小学同学，小时候她就是我们班最会唱歌跳舞的女孩子，而我喜欢她是因为她的名字非常好听。

我们俩因为同样喜欢琼瑶和三毛而成为好朋友。在其他人眼里，苏子琪是一个大美女，而我就是美女身边的小丫鬟。但是苏子琪却不这么认为，她说只有肤浅的人才会通过外表来评价一个人。

我对苏子琪从小就佩服得五体投地，不仅因为她见识非凡，更因为她脸皮之厚，心性之坚韧。

然而，苏子琪遇到周天明，却是一场劫难。

我从来都没想到苏子琪会去暗恋别人，从小学到初中，一直都是别人暗恋她。直到有一天，这个姑娘突然从隔壁班跑进来，拉起我就往外跑。

我问她发什么神经，她指着篮球场上的人群说，她喜欢上了一个人。

苏子琪跟我说，她注意他好久了。他们是同班同学，他是老师口中的优等生，总是能把一道证明题用好几种方法解答出来，也能把汉译英，英译汉随手写出来，甚至能笔下生花，字字珠玑。

我摸摸她的额头，这孩子病得不轻啊！

苏子琪一把抓住我的手，兴奋得声音都打战："你知道不，刚才我路过篮球场，他手里的篮球居然一滑，嗖的一下打在了我身上！我以为他跑过来要道歉，可是你知道他说啥？他说：'你进禁区了！'哈哈哈哈！"

我叹了口气，完了，这孩子真的中毒不浅。

2002年的夏天，苏子琪的心丢在了篮球场上那个叫周天明的男孩子身上。自此以后，苏子琪就变了。

以前，能歌善舞的她是大家瞩目的焦点，可是在周天明面前，那些闪亮的东西都消失了。她真的把自己变成了尘埃里开出的那朵花。

语文课，她祈祷老师点他的名，这样她就能多听到他清朗的声音。

数学课，她祈祷老师让他回答问题，这样她就能沉醉在他清晰的思路里。

英语课，她祈祷老师让全班情景对话，这样她就能趁机正大光明地回头看他。

可惜的是，这一切，周天明并不知道，因为这个少年本来就是一个冷漠的人。他对任何事情都不关心，他关心的只有学习这一件事。可是苏子琪毫不在意，她坐在操场看台上，看着篮球场上那个汗水肆虐的少年，对我璀璨一笑："我喜欢他，是我自己的事。"

当年我只是笑笑。我想，如果放到现在，我肯定要告诉她，感情是要两厢情愿才美好。

2003年非典的时候我们如愿以偿地上了高一，全校大封闭。我和苏子琪依旧很不幸地被分到了不同的班级，更狗血的是，我和周天明居然分到了同一班，并且是同桌。

这真是天时地利人和啊！苏子琪就差上课把课桌搬过来了。在她无比羡慕、无比嫉妒的目光里，我开始了高中生活。新学期开始，我就领教了周天明的超级冷血，其实这厮用现在的话说，就是一个"闷骚"男。学习好的人，思维反应灵敏，逻辑强大，头脑清晰，你的小心思在他眼里就是一个笑话。

所以，当我带着苏子琪让我和他成为朋友的美好愿望，与周天明同学进行友好交谈的时候，他冷冷地甩给我一句话："不要用无聊的事情烦我。"老娘我当场就想用数学课本抽他嘴巴，可是我不敢，因为他是所有老师眼中的宝贝。

日子就这样一天天过去，苏子琪依旧是一下课就来报到。我觉得，这小妮子的心思，恐怕已经尽人皆知了。

苏子琪表白的那天，是非典过后解除封校的日子，我们终于不用天天量体温、天天吃食堂饭菜了。于是我们决定出去吃顿好的，然后，苏子琪就喝醉了。

喝醉后的苏子琪异常亢奋，拉着我就要去男生宿舍，向她心中的男神表白。我在操场死死把她拉住，可惜，人算不如天算，周天明那天正在操场。好吧，其实我也不知道那天他在操场干什么。

周天明走过来的时候，苏子琪一下子站直了，她漂亮的双眸在月色下熠熠生辉，我看着站在一起的俩人，也觉得挺好看的，至少是赏心悦目。

苏子琪拉着周天明要说悄悄话，他们俩说了什么，我无从得知，因为到现在，苏子琪都没有告诉我。

只是从那以后，苏子琪下课以后再也不来我们班了，而周天明依旧一副冰山模样。高二分班的时候，我和周天明选择了理科，而苏子琪选择了学艺术。

再后来，我们联系就少了。高三时候的理科生简直就是卷子开会，除了做题就是做题，根本没有时间想其他的事情。而艺术生苏子琪，也早早开始了她东奔西跑的艺考生活。

周天明从高三开始就不停地收到明信片，有时候他会看，有时候他就直接丢在书桌里。

我从来都没有想过，那些明信片会是苏子琪寄过来的。直到有一天我也收到一张明信片，我才知道原来那些东西是苏子琪的杰作。这个怀着少女心的女孩子，用自己的方式默默喜欢着他。

可惜的是，落花有意，流水无情。

高三下学期我渐渐和苏子琪断了联系。那时候理科生的日子简直不是人过的，我们除了在吃饭的时候会低声扯两句，其他时间都是沉浸在题海里。

我当年的目标是去南方，因为骨子里还是文艺小青年，结果高考成绩出来，我的成绩只够去北方的一所学校。而周天明本来是打算去北京的，可不知道为什么，他居然去了西安。

苏子琪给我打电话的时候，我还在家恶补那些错过的电视剧。

苏子琪考到了北京，电话那边她特别难过，我不知道怎么安慰她，然后我们俩就在电话里沉默。沉默啊沉

其实你拥有一切，什么都不缺

默，不在沉默中爆发，就在沉默中灭亡。

"我要考西安的研究生！"电话里她突然斩钉截铁地说，犹如宣誓。

"你想好了吗？艺术类的研究生一般都去了大城市，西安没什么好学校吧！"我有点担心。

"如果不去西安，我和他就永远不再会有重逢，甚至将永远错过！"

我不知道是什么给了她这么强悍的勇气和毅力，但我知道她为什么那么执着，因为周天明已经犹如一棵参天大树，在她的心里扎根，生叶，开花。

苏子琪这朵尘埃里的小花想要拼命追赶大树的脚步，我不知道她将要花费多长时间，但是对于苏子琪来说，这些都不是问题。

可是她唯独忽略了人心。在那以前，我从来都不相信世界上有没有心的人，可是周天明却让我明白了，有些人，天生没有心。

大学里的日子，开始的时候总会让人觉得是天堂。当我在自由的海洋里无法自拔的时候，在西安上学的同学给我打电话告诉我，周天明居然又参加了什么考试，估计通过了就会作为交换生出国两年。

你看，有的时候老天是真的不公平，有的人不用头悬梁锥刺股就能轻而易举地得到他想得到的东西。而有些人则需要花费很长时间，甚至付出很大的代价，更郁闷的是有时候可能还赶不上人家。

苏子琪知道他要出国的消息后，立马翘课请假要飞奔西安去见他。我在电话里问她，这样到底值不值。

苏子琪沉默了一会儿，说："我喜欢他。从初中到高中，从高中到现在，他在我心里走过了一个青春期，走过了无数个春夏秋冬。他已经变成了我必须努力、必须存在的一种意义。书上不是说，人一生一定要有一次说走就走的旅行和一个为之疯狂的人吗！我想，周天明，有他在的那个城市，才是我说走就走的旅行目的地！如果去了，他依旧不喜欢我，我可以离开。如果我不去，我会死。"

苏子琪鼓足勇气给周天明打了一个电话，告诉他自己要去西安见他，周天明居然答应了。苏子琪告诉我的时候，我心里居然也小小雀跃了一下，是不是这一段感情，终于要有结果了呢？

然而到了西安，苏子琪在他校门口等了很久很久，从日出到日落，周天明却始终没有出现。直到夜色降临，周天明才背着书包从学校里出来。原来他临时有事，被助教拉去当苦力了。

我很难想象，在那个从日出到日落的时间里，苏子琪都做了什么，都想了什么。我只知道，当夜幕降临，周天明出现的那个瞬间，苏子琪已经渐渐冷却的心，一下子又燃烧了起来。

见到周天明，苏子琪很激动，她甚至忘记自己已经在这里等了一天。爱情已经让她把自己卑微到尘埃里，再也抬不起头。当周天明提议去校园走走的时候，她甚至不敢和周天明并排而行，而是小心翼翼地跟在他的后面，追着他的脚步走。

苏子琪后来告诉我，那天的月色很好，她看见月光照在周天明脸上，很好看，很好看。可惜他走得太快了，她有点追不上。傻丫头苏子琪从来都没有想过，这么多年来，自己一直是在追着他跑啊！

后来的事，我就不知道了，苏子琪没有说。我只知道她从西安回来的时候，整个人都像死过一次一样，了无生气。

回来后，她只是给我打了一个电话，告诉我，那天他们在校园里走了很久，说了很多话。她从最初的兴奋到最后的伤心，也不过短短两个小时。周天明把她送到车站后，转身离去的背影在车窗里越来越远，越来越远，苏子琪突然意识到，自己今生再也不可能和他在一起了。

从此，一别两宽，各生欢喜。

苏子琪如愿以偿考上了上海一所知名大学的研究

生，我毕业后回到家乡工作。

苏子琪研二的时候开始接一些广告，我在电视里偶尔能看见她的笑容，灿烂而又阳光。

苏子琪毕业留在了上海，我开始相亲。

后来，苏子琪成立了自己的广告公司，我结了婚。

最后一次见她，是在我的婚礼上。她穿粉色裙子站在我的闺蜜团里，阳光下她笑容灿烂，美极了。

再后来，我们就各自忙碌，直到今天遇见。原来，她在我结婚第二年就遇到了自己的先生，两人同样从事广告行业，性格爱好无一不匹配，就仿佛上天注定，在茫茫人海遇见了彼此。

去年，苏子琪回来了，她带着自己的一对龙凤胎儿女，开了自己的分公司。时间并没有在她脸上留下痕迹，反而让她变得越发美丽。看着她，我忍不住开口问她："你后悔过吗？"

她知道我问的是谁，反而冲我摇头一笑："说实话，当年我确实感觉很遗憾。年少的时候，他是第一个走进我心里的人，一喜欢就是好多年。到了最后，我也不知道自己喜欢他什么。我曾经遗憾，这么多年的付出也没有换来他的陪伴，可是现在我释然了，因为他让我看到了另一个自己。也因为他，我才真正懂得，在感情中，你要学会看清自己的位置。他是雄鹰你是小草，雄鹰怎么会为小草而放弃蓝天呢？不过好在，这么多年，我也找到了属于我的大树！"

故事到这里，其实已经讲完了。你以为我在讲一个女生的爱情故事吗？不不不，我只是想告诉你，有些事，未必十全十美，十全九美也是一种人生。

我一直觉得，在感情的世界里，尤其是女子，一定要做一个聪明的人。因为你聪明，才会在最短的时间内看清自己的位置。我们在爱里成长丰满，也会在爱里沉沦堕落，只有在属于自己的位置上，我们才有可能收获美满，在错误的位置上，你就只是在守着绝望说希望。倘若摆不正自己的位置，你就摆不正心态，也就摆不正人生。

在感情中，我们常常会因为喜欢一个人，而把自己变成另一个人。你看他爱看的书，看他爱看的电影，看他喜欢的球赛，唱他喜欢的歌，走他曾经走过的路，去他曾经待过的城市。你甚至都没有想过想要告诉他，你曾经为他做过的一切，只是想用这种方式靠近他，走近他。

可是走着走着，你会发现，怎么会这么累呢？你会觉得自己无论怎样努力都追不上他，因为老天对他太好了，他不费力气就能办到的事情，你要费好大力气才能办到。当你刚追上他的时候，他已经又跑远了，甚至连招呼都不打。你只能一个人默默地看着他的背影，咬咬牙，继续追赶。

直到很久很久之后，你才会发现，在追赶他的这个过程中，你已经渐渐变成了另外一个人，但始终不是他喜欢的那种人。这时你才会真正明白，原来你一直想要跟他势均力敌，不仅仅是为了追上他，还为了和他更好地站在一起，般配无比。

可是，我们却忘了停下脚步想一想，是不是我们从一开始就不是一个世界的人呢？是不是一开始他的起跑线就在我们前面很多呢？你认为无法到达的终点，是不是他轻轻松松就可以到达呢？经历过追逐，经历过改变，才会痛彻心扉地明白，原来这就是两个人之间的差距，是我们永远也追不上的。

承认自己不如他人，并不是一件难堪的事情，反而是一种心智成熟的表现。只有当我们冷静下来的时候，我们才会用自己的心去看这个世界。

我们必须得承认，有的人，是我们穷极一生都无法触及的。

有些人，其实一开始出现就是错误的。一如周天明对苏子琪，他是她永远无法企及的。可苏子琪又是幸运的，在追赶周天明的这些年里，时光终于把她打磨成了越来越优秀的女子，也让她真正明白，看清自己的位置，找准自己的方向，比任何东西都重要。让一个人获得幸福的奥秘，就是在属于自己的位置上，一直以一种与幸福最接近的方式生活。

不管怎样，我们依旧要感激那个我们永远也追不上的人。如果没有他，我们也无法成为更好的自己；如果没有他，我们也不会懂得，有些人，注定是过客。

最后，愿每个依旧在暗恋的你，找个时间，放空自己，静下心来好好想想，找准自己的位置，找到自己的方向。说不定，幸福就在你身边。

/ 3 /

我曾经认识一个特别普通的姐姐，年龄比我大五岁，样子一般，却嫁得风光无比。很多人在背后对她品头论足，讨论她到底用了什么了不得的手段。其实我也很好奇，那个时候正是各种八卦电视剧上映的时期，我还处在只有美女和才女才能嫁得如意郎君的精神境界。

后来相处久了，我就发现了她不得了的地方。她就像一本百科全书，小城里哪个胡同有美食，哪个特色菜好吃；你要考证，考什么，应该报什么辅导班，要针对什么系统学习；你要出国，需要办什么手续，找什么部门，怎么准备东西一次办完；你要买便宜又好看的衣服，在网站上怎么找，在实体店里怎么找；你要给公公婆婆买礼物，奢侈品买什么，日用品买什么；你跟男朋友吵架，你们之间到底怎么了，你们最缺的是什么，她都能给你一个满意的答案。

在这个出门靠导航、吃饭靠美团、买东西靠网店、不懂问百度的时代，有她一个，基本上这些问题都能解决了。

她不漂亮，不优秀，不善于打扮，但是她却有足够的耐心和恒心，有淡定的心度和平和的心境。她遇到了那个需要她的男人，他恋着她强大的内心和丰富的内存，在这场婚姻里，最担心的人不是她，而是他。他总是觉得她什么都好，任何问题在她面前都能轻易找到解决办法。

很多人问她，到底有什么好办法，才能遇到这样一个人。

她总是回答："哪里有什么办法？我不过是在生活中找到了最适合自己的位置，只要有我能解决的问题，我就有被需要的价值和意义，就像男人手机里的各种软件，融入了他的生活，成为他依赖的东西。

在两性关系里，热恋仅有几个月，热恋之后的婚姻，便是一切矛盾和痛苦的开端。我们常常羡慕别人的幸福，却经常忘记自己的幸福也需要找对位置。很多事情都需要一个过程，强大的时光总会让我们历经千锤百炼，才能让一个青涩的女孩变成一本百科全书，将一个愣头小子变成风度翩翩的绅士。

其实我们并不是等不到最爱的那个人，而是我们常常忘记了自己的位置。只有寻找着，你才会发现，时间是女人最大的敌人，同时，也是一块炼金石。

时间会告诉你，原来最需要你的那个人，才是最爱你的那个人。那个时候，你也会变成一部无所不能的百科全书。

其 实 你 拥 有 一 切 ， 什 么 都 不 缺

关于欲望

About desire

和钱有关的那些事儿

/ 1 /

舟子给我打电话的时候，我正趴在沙发上陪六月看朵拉。她在电话那边开心地跟我说："我拿到房产证啦！"

我眼前立刻浮现出舟子笑起来的样子，一双眼睛像月牙一样让人打心里喜欢。她是我在出版社上班时候遇到的朋友，一个很独特的朋友。

舟子是南方人，来济南的时候她才大学刚毕业，怀揣着文学梦想，一头扎进了济南这座北方城市。舟子的普通话听起来很好听，软绵绵，甜丝丝的。2007年的时候她跟我说，我一定要在济南买房子，扎根，把我弟弟妹妹爸爸妈妈都接过来。我一直认为她不过是说说而已，因为那个时候济南的房价对我们一个月只拿两千多元工资的小职员来说，确实太高了。

在一座陌生的城市，买一套属于自己的房子，让亲人过上好日子，是舟子的梦想。

舟子家有三个孩子，她是老大，下面有二弟和三妹。舟子在大学里就开始勤工俭学，二弟和三妹也很争气，学习成绩非常棒。舟子的父亲在她上高中的时候就因为工伤瘫痪在床，家里的农活都是妈妈一个人在支撑。因此，舟子对钱，有非常大的执念和渴望。

她在济南的那段日子，白天忙工作，晚上去宿舍附近的小饭店帮忙，整个人像马达一样连轴转。更要命的是，她那个时候连大姨妈都停了，居然还说这样能省钱。

我和舟子的关系，因为一件事而变得密切。

那天是周末，我因为有事没出门，在宿舍里看书。恍惚间听到有人在低声哭泣，循着声音找过去，是舟子在走廊尽头独自捂脸痛哭。

再三追问下，我才知道，舟子的妈妈因为太劳累，终于病倒了。现在家里所有的重担都压在了她的肩膀上，爸爸每个星期要吃中药，弟弟妹妹需要生活费，妈妈的病也需要钱治疗。

我问她需要多少钱能支撑一段时间。她小心翼翼地问我，5000块钱，是不是很多？我拍拍她的肩膀，给我家皇额娘打了一个电话，很快，我的卡上就多了5000块钱。把钱取出来给舟子的时候，小姑娘对着我痛哭流涕，那年的夏天特别热，拥抱舟子的时候，我却觉得她身上很冷很冷。

后来舟子申请调了科室，她觉得在办公室太浪费时间，于是去了业务科室。我没有告诉其他同事，我借给了舟子一笔钱，只是我没有想到，她居然用两个月就还清了这5000块钱。然后她告诉我，她要辞职创业。

舟子辞职后没有离开济南，而是一头扎进了各所大学。她在出版社工作的时候，通过多次和学生接触，发现了一条生财之路。

创业初期是最艰苦的，舟子却总能笑呵呵地跟我打电话："姐，这几周生意特别好！"再后来，舟子请我吃饭。我们坐在山师东路一家小餐馆里，她点了满满一桌子菜，非常豪气地跟我说："姐，我赚钱了，请你吃好的！"

那天，我才知道，舟子在校园里整合资源，搭建起了最早的微商体系，她用送货到宿舍的方式笼络客户，又用"帮你找客户"的方式联系商家。从早中晚餐到化妆品、内衣，从零食到生活必需品，她建立了一个庞大的朋友圈和社交圈。

这个软绵绵的南方姑娘，终于依靠自己的双手，挖到了第一桶金。

我问她苦不苦，累不累。她笑笑，跟我说："姐，其实我一直特别羡慕你们，能无忧无虑、快快乐乐地长大。可是我不行，我家里有弟弟妹妹要管，有爸爸妈妈要照顾，我必须得拼命赚钱。只有看见那些数字不断增加，我才有踏踏实实的安全感。"

认识她这么长时间，我从未在她脸上看见过阴霾和抱怨。生活给了她巨大的压力，她却把这些压力变成了前进的动力。

2012年的时候，我们在济南重逢。彼时她已经改行做快递业务了，大学校门口的快递代收点，是她建立起来的。而她的弟弟妹妹，也来到山东上大学，爸爸妈妈被她接到了自己的出租屋。她说，她已经交了房子的首付，马上就可以拥有一套真真正正属于自己的房子了。

从一无所有到买房，舟子用了8年时间。她不是出身名牌大学，没有只手遮天的父亲，也没有漂亮脸蛋。她朝自己的梦想前进，尽管举步维艰，却用坚强的意志一路披荆斩棘。在芸芸众生里，她是很普通的一个女孩子，但她却努力活出了最好的自己。

实际上，舟子并不是一个特别的例子，社会上有太多像她一样为自己的梦想奋斗在路上的年轻人。他们没有背景，没有靠山，没有雄厚的资金，唯有一腔热血和一份梦想的力量。我见过很多年轻人，在深夜的站牌下安静等待最后一班公交车，在写字楼里废寝忘食加班，在客户面前低头哈腰，在复杂的代码中一行行查找，在前进的路上一步步努力，在偌大的城市里找到属于自己的方向。

如果你不是天生含着金汤匙出生的王子公主，那么你就要用你的双手，去创造属于自己的未来。生活不会什么都给你，每一个刚毕业的年轻人都会觉得人生很繁华，城市很孤独。我们常常会羡慕那些能说一口流利英语和客户沟通的人，羡慕总监的好创意，羡慕朋友创业几年就开上了名车。但是我们一定不要忘记，他们得到这些的背后，付出了多少我们不曾看到的辛苦。我们必须清醒地认识到，人总是要付出很大努力之后才会让别人觉得你毫不费力。

世上没有白赚的钱，也没有白付出的辛苦，只有没下够的功夫与没坚持下去的勇气。而功夫下到什么地方去，努力放在了什么地方，都是可以直接看得见的。

所以，我比任何人都愿意相信，只有有欲望、有梦想、有努力、有勇气，才会有美好的未来！

/ 2 /

我们宿舍里有个富二代，但是她跟我们认识的那些富二代一点也不像。她一件相同的上衣会买五件，一条牛仔裤穿着舒服会买三条，甚至鞋子也买一个款式的三种颜色。说白了，她懒，懒得打扮，懒得搭配，懒得逛街。

她唯一的爱好是打牌，山东打法，保皇。

我是她的标配牌友，有场必上，有牌必打，一来二去，我们俩也就成了无话不说的朋友。说实话，做朋友她真不怎么样。

先是小气。我不知道是我个人魅力有问题还是我总是遇人不淑，我认识的有钱人，有一个算一个的小气。受电视剧影响，我一直觉得有钱人家的小姐都是挥金如土，吃最好的餐厅，穿上档次的衣服，享受最美好的生活。

可是这厮却让我目瞪口呆，每个没有课的下午，她都会拉着我去图书馆，美其名曰：不用买书，看书省钱。不过托她的福，那几年的阅读量，真的给我以后的写作打下了坚实基础。通常看完书就已经下午六点了，我们俩会去第二食堂买已经剩下的只余温热的包子。她吃俩，我吃俩，然后食堂阿姨赠送一人一份汤。

就这样，大三的时候，她突然提出来要跟我合伙创业，启动资金10万元。我被她惊世骇俗的想法吓了一跳，最后拒绝了，因为我没钱。

然后我就开始看着她折腾，顺便帮她出主意打下手。开始的时候她加盟了某化妆品牌，每个周六去听课，周末去大街上发自己的名片，那上面印着执行总监张晓雅。

我这个土包子一直觉得有自己的名片很高大上，更何况还是执行总监。直到某天我跟她一起发名片才发现，原来这个化妆品公司给所有人都印了名片，头衔一律是执行总监。

晓雅做了半年化妆品推销和美妆，10万块钱打了水漂，剩下一宿舍货。过元旦的时候，我们俩去了一家西餐厅吃饭，晓雅吃着吃着就哭了起来，她说："老赵，我一直没有告诉你，这10万块钱，是我管我爸借的。"

我当时还在想，你爸的跟你的有啥区别？结果张大小姐又哭了，一边哭一边说："我一定要把钱赚回来，狠狠甩在他脸上！"

后来我才知道，她爸爸教育女儿的方式真是与众不同！

元旦过后，晓雅又开始第二次折腾，这次，她在网上开了一个店，专门卖她这些化妆品。为了突出效果，我们宿舍的姐妹都当了她产品使用对比的模特。可惜的是，一个多月过去了，她一瓶也没有卖出去。

就在我以为她又要哭鼻子的时候，第三次折腾又开始了。适逢夏天，晓雅没有继续做化妆品生意，反而又借了她爸爸10万块钱，租了学校附近一间小门市，加盟了一家饮品店。集老板、服务员、保洁员一体的张晓雅同学，终于迎来了她人生中的春天。

晓雅饮品店火爆了整个大学校园，短短一个夏天，她就回本了。大四下学期，晓雅饮品店在同城几家大学门口纷纷开业。到我们毕业的时候，晓雅已经把20万还给了爸爸，自己也比我们更早拥有了事业。

更难得的是，在创业的同时，她的学业也一直没有落下，英语六级早早过了，专业设计全部高分。她真的变成了人们眼中学习好、家境好、人品好的三好女神，而不明真相的人总是在羡慕她有一个有钱的爸爸，可以支持她肆意折腾。可是我却知道，她是真的打了欠条借的钱。

晓雅爸爸在她毕业那天，来了学校一趟，送给她一辆奥迪车作为毕业礼物。我看到她在大家艳羡的目光里接过钥匙，也看到她双目里闪烁的泪花。

我知道，她值得拥有。所有人都看到了她上学就有资金创业，看到了她分店开了很多，看到了她一毕业就能开名车。可是我却知道，她写下欠条的那个晚上，整夜没有睡觉；我知道她一次次失败，一次次重新振作；我知道她顶着烈日跑遍所有水果市场寻找供货商，晒伤的胳膊层层脱皮；我知道她夜里研究各种饮品的文案，每天只睡三四个小时，一度瘦到80斤；我知道她优异的课业与她早期的图书馆生涯离不开，她比我勤奋，读书笔记写了一本又一本。

这一切的一切，都与她那个富有的爸爸无关。

网络上流行一句话：富二代不可怕，可怕的是比你富还比你勤奋。

晓雅说，她爸爸从来都不会给她太多钱，她创业最初借的钱，也是要支付利息的。她爸爸这样做的目的就是要告诉她：你想要的一切，必须要靠自己的努力得到。

其实，也有很多人会说，没有哪个家庭会随随便便拿出20万让孩子折腾，晓雅的成功基础，还是离不开爸爸的帮助。

可是我想说的是，作为一个富二代，还要因为赚钱而一次次尝试失败，经历磨炼方能成功。那么作为普通家庭孩子的我们呢？是不是也要摆正自己的心态，找准目标，踏踏实实努力下去呢？

富二代并不值得我们去羡慕嫉妒恨，我们要记住的是，我们可以家贫，但不可以心穷。我们看过那么多的心灵鸡汤，看过那么多的就业指南，甚至听过无数次讲座，可是谁又能明确告诉你，哪条路上一定不会有挫折呢？有句话是这么说的："根本没有正确的选择，我们只不过是要努力奋斗，使当初的选择变得正确。"

我很庆幸自己能成为晓雅的朋友，这些年她让我懂得了一些事，少走了很多弯路。

首先，我们的每个选择都充满了未知。我们不知道这条路带给我们的是成功还是失败，但是我们既然选择了，就要努力往前走。在一条路上失败，并不意味着当初选另一条路就一定能成功，只是不同的尝试看不同的风景而已。有时候运气好就顺利一些，运气不好就艰难一些，但并不会有太大的差距。遇到困难可能意味着有一个好机会让你成长，一路顺风也并不一定就表示成功。

其次，失败并不可怕，可怕的是你没有了东山再起的决心。这个世上没有任何一样东西可以一下子打垮我们，也没有任何一样东西能一下子拯救我们。我们所面对的，不过是失败了再站起来，如此往复循环枯燥无味的路。其实，每条路都差不多，都要经历艰难险阻，都要遇到该有的困难，只是当我们看到别人好像很顺利并心生嫉妒的时候，是因为他们受的那些苦，我们并没有看到，或者会比较一下觉得好像自己更苦。

现在我慢慢明白，其实每条路都差不多，如果遇到困难就退缩，那么，在这世上你将无路可走。

一夜暴富永远属于少数人，作为普通人的我们，不要光空想，行动力才是最重要的。我们身边，总有一些看起来非常不可思议的人，他们有人跨专业考试，有人涉足新领域，有人放弃高薪开始自主创业。他们是一群勇敢的人，因为他们已经在不断地尝试，不断地选择，虽然这样注定会经历困难，但是我相信，只要坚持、努力、不断克服困难，他们注定将会走出一条属于自己的路。

和当官有关的那些事儿

/ 1 /

每次看见与官位有关的字眼，我都会想起远在德国的小叔。

小叔大学毕业的时候，学校还管分配，但是有钱有门路的学生一般都会被分到好地方，而没有钱也没有门路的普通学生就会被定向委培的单位要走。

小叔家一没钱二没门路，所以只能像大白菜一样被委培工厂挑走。离开学校的那天，小叔背着蛇皮袋子装着自己的衣服被子，跟其他同学一起上了工厂的大巴车。望着窗外闪过的霓虹灯，大城市里的繁华早已在小叔心里扎了根，他暗暗发誓，一定要在城市里过上自己的好日子。

当工厂的大巴车开了8个小时，把他们带到那片荒凉地区的时候，小叔的浪漫主义情怀顿时烟消云散。这简直就是荒郊野外啊！锈红色的露天机械和低矮破旧的生活区，木讷的工人和脏兮兮的食堂，小叔心里一股止不住的悲哀涌上心头。那一刻，他生平第一次对生他养他的父母生出一股怨气：不是我不行，是父母不行，如果他们能像班长的父母一样，我何至于在这鸟不拉屎的地方埋没终生。

小叔班的班长，是有钱人家的孩子，毕业那天，他的父母开了一辆名车来接儿子回家。随后小叔就听说，班长被他有钱的老爹安排进了一家银行，从此风吹日晒与他无关，加班干活也与他无关，他简直就是名声好、待遇高，人人羡慕的人生大赢家。

因为专业原因，小叔当年首先被分配到了机械车间技术室，所有的厂房都已经年代久远，白墙变成了灰黑色，有些地方剥落了，露出红色的墙砖，车间里弥漫着铁屑混合着冷却液的味道。技术室盘踞在车间入口的拐角处，里面摆着四张破旧的绘图桌，4个不同年龄段的技术员各据一张。那一年，小叔的月工资是570元。

车间里的工作已经有了固定的模式，小叔要做的工作就是把厂技术室的图纸读懂，拆解优化出合理的工序，画成与之对应的工序图交给工人加工。这对于学了4年专业的小叔来讲，真是小菜一碟，很快就能驾轻就熟了。日子缓慢而无趣，接近于日出而作日落而息，让他那颗一直未曾冷却的心，又开始跃跃欲试。

父母怪他乱折腾，心想自己一辈子在工厂上班，才领800多元工资，你刚上班就这么多，等实习期一过，立马就能挣更多的。

可是小叔不这么想，他是一个永远都不满足于现状的人，这种睁开眼睛就知道一天会怎么结束的日子，对他来说实在是太难过了。那一年，小叔决定考研。可是如果上学，就意味着要失去工作，家里人纷纷来劝阻小叔不要乱想，应该安分守己上班，到年龄找个姑娘结婚，这才是人生大事。

用小叔的话说，他是天生属驴的，死倔，一旦自己认准了一件事情，就不准备回头。最终，小叔在毕业一年后重新拿起课本复习，如愿以偿地考上了本校研究生。谈及往事的时候，小叔曾说，当年确实很辛苦，失去了工作，继续学业变得异常艰难。但是他更清楚地知道，像他这样没有父辈恩泽的孩子，要想追逐梦想，就要吃得下比别人更多的苦。

低头努力的人，总会收获自己想要的一切。命运虽然爱开玩笑，却总会恰到好处。

小叔的运气不错，他一边上学一边打工，送过外卖，做过家教，洗过盘子，当过门童，甚至在公园穿卡通服装做接待。到毕业那年，小叔不仅顺利完成了自己的学业，还积累了相当可观的人脉和丰富的社会经验。

　　凭着出色的成绩，加上自己的人脉关系，小叔被德国一家汽车制造生产企业驻中国办事处聘为技术服务工程师，年薪起步10万元。

　　在这个世界上，从来没有什么所谓的天降惊喜，也没有什么好运砸头。每个人都有自己的野心和欲望，但是，不是每个人都能真正明白自己的野心和欲望，并为之付出些什么。你想要高薪，你想要出人头地，你想要名利双收，你想要衣食无忧。如果你给自己的定位太高而又努力不够，那么，你就要停下来好好想想，你所付出的一切，能不能和你想要的一切成正比。

　　小叔后面的故事就简单多了。资本家的钱不是那么好赚的，他在国内的日子也越来越少，每次回家，我都看见他的包里又会多几本书。德国人的工作态度是出了名的严谨，小叔为了更好更快地融入这个工作环境，夜以继日地学习和钻研。他甚至自学了德语、法语和意大利语，当然，我一直觉得他学意大利语是为了泡妞，因为他后来娶了一位意大利美女做了老婆。

　　小叔说，他觉得最苦的，不是上研究生的时候四处打工，也不是现在每天睡四个小时，甚至不是听不懂德语搞错发动机型号被主管怒斥。他觉得最苦的日子，是在那间破旧的机械工厂里，日复一日对着图纸发呆的时候。

我常想，为什么一些人刚开始起点并不高，越往后就越离谱了呢？小叔的故事让我懂得了，这些人有一个共性，那就是不甘寂寞，坚持自己，固守本心，勤奋努力。

2014年，小叔拖家带口回国探亲。彼时，他已经从车间里一名普通的技术工程师晋升为总部技术工程部的部长了。我问他年薪多少，他只是摇头一笑说："那只是数字。"

更让我觉得惊讶的是，小叔当年的班长家，现在居然已经破产，那个曾经让小叔仰望的班长，依旧是一个普通的银行工作人员。十几年来，他在银行岗位上不仅没有继续学习新业务，反而连自己最基本的专业知识都快忘干净了，在银行没有办法升职，离开银行又不知道去做什么，便一直这样混日子。

成功永远不是一蹴而就的，而是在无数个黑夜对这个世界绝望后，第二天起来昂起头对着太阳微笑，依然相信会有回报中的日子里，一步一步积攒出来的。正是因为那些黑夜里让你觉得绝望的日子，那些让你觉得坚持不住的日子，那些让你觉得现实残酷的日子，把你一步一步推到了今天。

很多人会说，我也一直在努力，只不过是他运气好。每次听到这样的话，我都很想把那篇很经典的文章《你只是看起来很努力》重重甩到他们的脸上。很多人真的只是看起来很努力，却并没有努力到能够取得成就的地步。

我从来不相信，不努力就会有好运气。我最喜欢的演员赵薇曾经说过："机会是留给准备好的人的。"当机会来到，你有资格和底气抓住吗？甚至，你有发现机会的能力吗？大多数人的努力，通常只流于表面化，却常常去抱怨别人运气好。

请不要再嫉妒别人的运气，也不要再把目光放到别人身上，与其愤愤不平地比较，不如先让自己做到最好。要知道，你之所以还没有成功，不是因为运气不好，只是因为你不够努力而已。

这个世界上从来都没有生下来就八面玲珑、圆滑又恰到好处的人，你眼中的他们，只是在不断努力中发现了自己的天赋和特质，并非常恰当地发挥在了最适合自己的场合和职业中。

很多人通常会抱怨某些同事的升职是因为关系或者金钱。我想说，这些东西通常是无可避免的存在。身处不完美的社会，我们既然不可能变成富二代、官二代，那么就应该走一条属于自己的路。不要去挑衅上级的不公平，也不要在背后谈论贫富分化带来的负能量，我们要做的，就是通过不断努力和奋斗成就事业。当你真正拥有他人所不能及的特长和专业时，你就变成了不可缺少的人。

"天生我材必有用"不是一句盲目自信的话，而是先认识到自己身上的特点，然后去发展和积累自己的优势，最后你就会发现，你才是真正的人生大赢家，因为你变成了最好的自己，也变成了一个最重要的自己。

/ 2 /

其实，说起当官这个话题，我们总是不自觉地和钱、权力、欲望画上等号。我上学的时候，老师曾经说，不想当第一名的学生不是好学生。当了第一名，就会得到老师更多的关注，得到同学的艳羡。但是，当第一名所需要的，除了努力和汗水之外，还有天赋。

在这里，我想告诉大家我自己的一个故事。

上学的时候，我是一个并不怎么出众的女生，学习一般，长相一般，甚至人际关系也一般，但是我却很喜欢站在讲台上和大家说话的感觉，犹如号令群臣。

我想当班长，当时班长是我眼中最大的官职。

可是若想当班长，学习成绩必须要在前十名，而且要和老师搞好关系，还要在同学之间树立起威信。我有点犯愁，学习成绩可以提高，但是老师和同学怎么办？于是我开始厚着脸皮去和老师蹭话，和同学们打成一片。

一个学期后，我的学习成绩已经稳坐前十，和各科老师也搞好了关系，甚至班里大部分同学都已经开始跟我熟稔起来，上学下课都是呼朋唤友一群人。

就在这时，班里又要选举了。我激动地准备演讲稿，等待着班会的到来。

可是，当我热情万分地念完演讲稿后，给我投票的却只有屈指可数的几个人。事后我有些不解，班主任老师找到我，解开了我的困惑。

原来，我所做的这一切，仅仅是为了我自己，并没有为全班同学做过什么。我在和老师们聊天的时候，班长已经把讲台收拾好；我在和同学们打闹的时候，班长已经帮学习委员搬来了我们的作业；我一放学就急着回家，而班长是检查完教室锁门才最后一个离开的。

班长为别人做的事，虽然都是小事，而且看起来不起眼，但却能够让人记住。更难得的是，他能日复一日地坚持。

如今，我做了公务员，时间久了，在单位也算有了一点点官职。每天上班的时候，我都要先想一想，我今天要做什么，应该做什么，怎么做；下班的时候要想一想，我今天做完了什么，还有什么没做完，为什么没做完。

说实话，做领导并不是一件轻松的事情，也不一定就意味着高官厚禄。你身居要位，官位越高，责任就越大，而且，还要小心翼翼，如履薄冰。

我很庆幸自己很早就明白了这个道理。这个世界上，没有什么东西你努力就一定会得到，你既然不够优秀，那么就要努力让自己变得与众不同，无可替代。

说起来我唯一的特长就是写字，幸而这个习惯一直维持到现在。在工作中，每当有同事需要帮忙，会第一个想到我。每当领导需要一份材料，会第一个想到让我来组织。在我们单位里，比我优秀的人不在少数，我并不是特别优秀的那个，但我只是专注了一件事，并把它做到了最好。

这个世界上，很多心灵鸡汤都会告诉我们要坚持，却从来没有人告诉我们，如果身处绝境，我们要如何坚持，如果我们身处不同的环境，要如何坚持。

第一次参加公务员考试，我斗志昂扬。可是当结果出来的时候，我落榜了。我看着电脑上的成绩单，浑浑噩噩地从实习单位坐车回了家。

那天，我记得我把头靠在车窗上，看着天色一点点变暗。这是我第一次注意到聊城这座小城的夜景很有味道——波光粼粼的东昌湖，西斜的落日映在水面上，十分好看。路的两旁是已经点亮灯火的商铺，古色古香的气息扑面而来。偶尔映入眼帘的还有居民区，一层层的楼上照射出的光，好像正在安慰我，告诉我没事，路还很长，这个世界还很美好。街道旁有喧嚷的人群，有匆匆骑车的过客，还有如我一样，默默地走在路上的人。他们装束不同，神色模糊，都在厚重梦想的承载下努力生活。

看着看着，我的眼泪就掉下来了。

伴随着这喧嚣的街道，陌生的人群，躁动的梦想，希望，失望，期望，绝望，连同我所有的情绪，都一并随着泪水掉落在衣服上。

是的，没人逼你考进体制。可是你想要，想要。因为你要兴奋，要热烈，要做最好的自己；因为你想越过千军万马过那座独木桥，做那在上千人之中脱颖而出的一个；因为你怀揣梦想，因为每一个人，都有一颗不安分的心。

所以，我愿意独自吞下失败这份难言的苦楚，愿意承担即将面对的所有隐忍与疼痛。

有些东西，真的不是几碗鸡汤、几次谈心就可以消弭。你要面对的东西有很多，同龄人的嘲笑，父母的不解，朋友的劝慰，这些都不是我们只要努力坚持就能抗拒的。

那么，既然不能抗拒，就索性全盘接受吧！记不清从哪里看到过一句话：在追求更高目标的这条路上，该吃的苦总是有数的，前面不吃，后面就得补。我们最后过上的，都是与自己的能力相匹配的生活。

你想做官，他想发大财，这都是正常人的正常思维。这个世界上，每个有追求的人都应该被鼓励。

刚步入社会的时候，和前辈聊天，他们总是用过来人的口气告诉我：不要想着一步登天，也不要嘲笑比你资历老的人做事不对。他们既然能坐在这个位置上，就说明他们有比你强的地方。

世上没有毫无道理的一步登天，也没有突如其来的升职加薪。那些成就的背后，都是沉默不语的努力，以及对更高位置的追求。你的努力，一定会让你过上自己想要的生活。那些官职，那些财富，那些高高在上的东西，只要你用正确的方式，一步一个脚印地努力，你早晚会得到。

但是请你一定要明白，成功之前的黑暗和那份难言的苦楚，唯有自己独自承担。而一旦当你停止努力的脚步，你就会发现，你身边很多人似乎都在不费吹灰之力就得到了自己想要的一切。

这种比较一定会带给你巨大的痛苦，你会自卑，难过，甚至妒恨。当情绪平复的时候，还是要回归现实。社会就是这样不公平，我们唯一能做的，就是把自己变得更强，更独一无二。当你持续努力的时候，你会发现，你想要的一切正在慢慢向你走来。

其实你拥有一切，什么都不缺

和美女帅哥有关的那些事儿

/ 1 /

我手机里有一个名为女神的电话，她是我见过的最美好、最优雅的女子。

她一年四季穿裙子，配高跟鞋，化得体的妆，口红从深到浅摆了一排。酒桌上她谈笑风生；工作中气场强大，思维严谨又活跃；生活中她能下厨房煲汤，也修得了家用电器。

我很早就认识她，可与她熟稔起来却是因为一次读书会。那时我方才知道，她不仅英文好，还写得一手锦绣文章。

我奉她为偶像，喊她女神。她却喊我去她家吃饭，跟我讲了一个女神养成的故事。

女神名叫周烨。

周烨小的时候非常幸福，父亲是运输公司的司机，母亲是一所小学里的老师。父母小时候就教育她一定要好好学习，才会有机会出人头地。因为父亲是运输司机，工资相对比较高一点，周烨从小基本上是被富养起来的。别人家的孩子穿白裙子，父亲就从外地给她买更好看的白纱裙；刚开始流行运动鞋，母亲就给她买了一双白色的运动鞋；别人学舞蹈，她也跟着学；别人去夏令营，她也去参加。

如果周烨一直按照这样的方式成长，那么她最多也就是一个小康家庭的普通女孩子。命运总是喜欢和人开玩笑，让你普通的生活变得不再普通，让你变得和其他人不一样，让你永远记住那些曾经拥有过的美好。

而命运对周烨的玩笑，开得有点大。

周烨初中那年，父亲开车出了事故，受了重伤，腰部以下再无知觉。因为他驾驶的是重型车，对方小轿车上的两人当场死亡。更让这个家庭雪上加霜的是，对方车上两个人，是当地县里十分有势力的两户人家的孩子。一时间，母亲的工作丢掉了，周烨也不能再继续上学了，因为总有些人会在校门口堵她，扬言要以命抵命。

没有办法，她和母亲只好离开了生她养她的小县城，可父亲家所有的亲戚都不敢收留她们。离开家的那天，坚强的母亲流干了最后一滴眼泪，矮小的周烨紧紧牵着母亲的手，坚定地对母亲说："总有好起来的时候，我们一定要坚强，爸爸还在等我们接他回家。"

母女二人在省城租了一间房子住下，周烨没有办法去上学，就只好陪着母亲到处找工作。娘儿俩捡过垃圾，翻过垃圾桶，给人擦鞋，去饭店刷过盘子，甚至还去夜市摆过摊。

记得那是一年夏天的晚上，娘儿俩在夜市上摆摊卖衣服。摊子隔壁是一家烧烤店，夜风吹来，阵阵香气扑面而来，馋得周烨一个劲地咽口水。母亲看在眼里，什么话也没有说。等到准备收摊的时候，母亲突然不见了，周烨一边收拾衣服一边四处寻找母亲的身影，却看见母亲在和烧烤店女老板说话，不一会儿，母亲便拿来了几串羊肉串，放到她手里，让她快吃。

周烨说，那几串烤煳了的羊肉串，是她这辈子吃过的最好吃的羊肉串。她一边大口吃着，一边把手里的另一串塞到母亲手里，母女俩就这样在深夜里微笑地吃着羊肉串。

周烨一直以为，伟岸的父亲也会像母亲一样坚强。可是当她得知父亲自杀的消息后，她却一点也哭不出来。当时年幼的她不明白，有一种洞彻未来的绝望，会比未知更让人崩溃。

父亲走了，母亲带她回家料理后事，可是这时却接到了舅舅的电话，让她们尽量不要回来，因为对方依旧不依不饶地在闹事。倔强的母亲擦干眼泪，在出租屋里紧紧抱着她，一句话也没有说。

第二天，母亲走上了上访之路。她和母亲在政府门前站着，母亲用白纸黑字讲述了事情发生的经过。终于有一天，她们的事引起了媒体的关注。不知道过了多久，终于有领导重视了这件事。从调查到立案，从开庭到案件结束，母亲如同一棵青松，腰板直立地领着周烨，不卑不亢。

周烨终于又回到了学校上学，而母亲却失去了工作，家中积蓄也因为赔偿而一分不剩了。为了养活她，母亲办了一个补习班。重回校园的周烨终于明白了知识的重要性，所以她越发努力上进，为自己，也为坚强的母亲。

夜深的时候，周烨在床上轻轻搂住母亲瘦弱的身躯，暗暗地想，什么是相依为命。看来，这便是了。

初三的学习开始紧张起来，有一次周烨回到家，却发现家里没有人，不知道为什么，心里莫名其妙地一阵恐慌。她正准备出门找母亲，却看见母亲手里提着一个小蛋糕走过来。那天是她的十六岁生日，她自己都忘了。

母亲把小小的蛋糕盒打开，奶油的香气一下子吸引了她。母女二人分了蛋糕，简单地吃了饭。她突然想起自己十二岁生日的时候，一家人围在一起，切开了一个大蛋糕。然而，那场景，再也不会有了。

按理说，这应该是一对触景生情，抱住对方痛哭流涕的悲情母女。可事实却是，母亲居然从口袋里掏出一袋大白兔奶糖，那是周烨小时候最喜欢吃的糖，自从父亲出事后，这几年她再也没有吃过。母亲笑着剥开一颗放到她嘴里，奶香从舌尖一下子传遍全身。周烨说，她简直无法形容那一刻幸福且满足的感觉。

上了高中后，因为母亲曾经是老师，来培训班上课的孩子开始多了起来，家里的生活条件改善了很多，周烨也终于开始在学校住宿生活。整个高中三年，她犹如苦行僧一般，但她的努力不再是为了像母亲一样坚强，而是她懂得了自己想要怎样的生活。高中三年中，她每天五点起床读书，夜里两点上床睡觉，除了食堂操场和教室，学校周围一公里以内的商店，她都没有去过。

她想过自己想要的生活，她想去看更大更美的世界，她想用自己的力量去帮助更多的人，她想用自己的能力去给更多人公平。

那年夏天，周烨收到了政法学院法律系的录取通知书。那个时候，母亲已经攒够了她上大学的学费，但是她依旧选择去北京打工，因为她不想让母亲这么累了。

然而，北京高昂的消费水平还是超出了她们的预料。母亲留下了一张返程火车票钱，就把身上所有的钱都留给了她，一共312元。

那一个月，她没有参加同学联谊会，也顾不上跟宿舍姐妹联系感情，除了上课，剩下的时间，都用来做兼职。

周烨说，那时让她最感动的是，宿舍的楼管阿姨在知道了她的情况后，坚持每天晚上在她十二点回来的时候，给她留一盏灯。这样不起眼的做法，却足足温暖了一个女孩的整个大学生活。

再后来，她申请了助学金，开始勤工俭学。周末，她接了一个家教的工作，学生是一个富裕家庭的小男孩，需要她辅导英语和数学。见到男孩妈妈的时候，周烨第一次知道，原来女人可以如此精致。男孩妈妈化着精致的妆，穿套裙，高跟鞋，走路不快不慢，说话亲切又让人舒服。

周烨发誓自己也要成为那样精致的女子。

于是，她接下了这份工作，尽管每次去都要换乘四次公交车。男孩的妈妈似乎看出了周烨的心思，在周烨做满一个月的那天，送给了周烨一套化妆品。周烨看着那些瓶瓶罐罐，有些不知所措。男孩妈妈亲切地把她拉进洗手间，帮她化了人生中第一个淡妆。

看着镜子里美丽的自己，周烨对自己说，我一定要努力让自己变得更优秀，才配得上这些美丽。

她小心翼翼地把那套化妆品放起来，舍不得用，更是要激励自己努力！

后来的日子里，她依旧做家教，发传单，甚至挨个宿舍敲门卖零食。她从一开始不好意思到后来坦坦荡荡，从一开始扭扭捏捏到后来大大方方。她记不得自己敲开了多少间宿舍的门，也记不得自己卖出了多少袋零食。

每当夜深人静累极了的时候，周烨都会在黑暗中睁着眼睛问自己：我是否要混个毕业证，随便找个工作，然后结婚，相夫教子，最后在吵吵闹闹中老去？

她听见自己在呐喊着不甘心。

周烨用功学习，每天依旧早起背英语单词，复习专业课知识。她从大二下半学期开始跟着师兄去事务所实习，见识了社会上形形色色的人，了解了每个人背后的悲欢离合。外面的世界很精彩，她渐渐明白，只要自己努力，有些东西就触手可及。

大三那年，她顺利拿到了英语六级证书，也终于在一家律师事务所找到了实习的工作。她不再到处乱跑做兼职，因为实习的工作已经足够负担她的学费和生活费。

她开始一年四季穿裙子，学着穿高跟鞋，那套化妆品已经被她用完，每个瓶子的使用顺序都已熟记于心。因为她年轻，认真，专业扎实，工作起来又比别人努力，事务所里的领导渐渐开始把重要的工作交给她，甚至暗示她毕业后就可以转正。

于是她加倍努力，争取通过司法考试，用自己的努力去维护社会的公平正义。

大四那年，她通过了司法考试，拿到了梦寐以求的证书。虽然生活一直很困难，可是她在拿到证书的那一瞬间，依旧是快乐的，因为她觉得自己的未来越来越清晰。

然而，在律师事务所的转正名单里，并没有她。她忍不住去找师兄，师兄无奈地告诉她，因为在所有申请转正的人中，她是唯一一个没有去给领导意思意思的人，所以……

她不禁冷笑起来，原来，阳光的背后就是阴暗和丑陋！

师兄说可以帮她推荐另一家律师事务所去碰碰运气，周烨却谢绝了师兄的好意。那天，她在天安门广场坐了整整一天，从日出到日落。傍晚离开的时候，她从口袋里掏出一块大白兔，塞进嘴里，香甜的奶香瞬间又将她包围，让她想起了很多年前那个生日的那颗大白兔。

她忍不住笑了起来。与其难过，不去继续努力，寻找属于自己的大白兔。

连着一个月，她都在不停地面试和应聘。直到第二个月初，她接到了一个电话。是当初送她化妆品的那位女士，她在电话里对周烨说："我需要一个法律顾问，你想试试吗？"

命运何其残忍，命运又何其仁慈。

周烨在这家公司工作一年后，便和志同道合的朋友一起成立了自己的律师事务所。从最初的事事都要亲力亲为，到后来业务越来越大，甚至租了更大的写字楼。再后来，她在北京买了房子，把母亲接了过来。

现在，她把工作都交给了合作伙伴，自己居然又开了一家书店。闲暇的时候，一人一书一杯茶，能坐一下午。

生活总是这样，总有人过着你想要的生活，总有人成为你想要成为的那种人。这生活，你也能过，这种人，你也可以做。你只需要多一点决心，多一点勇敢，多一点希望，多一点坚持。

这世上没有与生俱来的女神，也没有从天而降的财富。每个女人都可以成为女神，只要你比别人多努力一点点。

就像周烨说的那样，生活对于她而言，是跌倒后的惊喜，是痛哭过后，依旧爱吃的那颗大白兔。

/ 2 /

提起男神这个话题，我们就会不由自主地想到有型、阳光、气质、健康、有钱等众多字眼。男神分先天男神和后天男神，先天男神是生下来就面容英俊、有型、多金且家教良好的人，而后天男神则是通过自己不断努力，培养出出众气质的人。

在我等凡人眼里，男神大部分事业有成，爱情美好，让人羡慕不已。而他们所拥有的一切，似乎不费吹灰之力，招手即来。

非常荣幸，我恰好有两个男神朋友，一个是正儿八经的先天男神，一个是土生土长的后天男神。正是他们，彻底推翻了我对男神们的盲目崇拜。

周天是正儿八经的公子哥，他们家的产品在中央电视台都做过广告，可惜认识他那年我才十四岁，就知道啃他给我买来的鸡腿。

用现在的话说，他就是一典型富二代。很不幸，年少的我并不懂富二代是个啥词，只知道这小子有钱，跟他混能看正版漫画，能看正版哈利·波特，还能隔三岔五吃肯德基。

周天唯一让我觉得厉害的地方是，他居然能说一口流利的英语，能看懂《中学生英语报》上的每一个单词。后来我才知道，从他上小学开始，他爸爸就给他请了一对一的英语老师，为他日后出国打下坚实基础。

遗憾的是这哥们除了英语好以外，其他几门功课都惨不忍睹。老师只好派了当时身为副班长的我和他同桌，周天同学利用短短几年时间，为我打开了一扇与众不同的大门。

第一次进网吧玩CS，是他带我进去的。我哆哆嗦嗦跟在他后面，立即被里面熏人的烟味呛得直咳嗽，再细看，居然没有一个女生。正欲夺门而逃时，周同学一把拉住我，把我塞到一把椅子上，他则坐在隔壁熟练地开机。

我觉得我人生第一次堕落就这样开始了，可是这个滋味非常容易让人上瘾。那段时间，我跟着他从CS到红警，从红警到流星蝴蝶剑，几乎玩遍了所有的网络游戏。直到传奇世界上线，我才真正意识到，人民币玩家和普通游戏玩家的区别。

周同学似乎并没有意识到在游戏里浪费人民币的行为很让人发指，他不仅给自己弄了一身特别厉害的装备，还帮我弄了一身。说实话，周同学下这么大功夫对我好，其实是别有用心。因为他喜欢上了隔壁班的班花小希，他需要一个跟小希很熟的人来为他送情书，了解小希的所有信息，以及帮他约小希出来。

　　我很荣幸地被选中，因为小希是我表妹。

　　幸好青春期时候的我们很单纯，小希一心学习，并没有理他。我在良心不安了几个小时后，看见被拒绝的周同学并没有丝毫难受的表现，也终于放下心来。

　　再后来，高中分班，他选择了学艺术，我选择了理科，于是我们的人生轨迹开始分叉。后来我才知道，他早就知道自己要出国上大学，所以高中三年学什么对他来说都无所谓。高中三年我们过得非常辛苦，可是周同学却在东奔西跑地学语言，偶尔在学校里遇到，他也不再像以前那样吊儿郎当无所事事，反而会问我一些有关高考的事。

　　这段时间，他开始长个子，似乎过了短短几个月，就长到了一米八几，加上他又喜欢穿浅色衣服，班里开始有人喊他校草。

　　每次听到别人这么称呼他，我都会忍不住想起他跷着二郎腿坐在破沙发里，一手握着脏兮兮的鼠标，一手在键盘上飞快敲打的邋遢模样。

不知道是不是所有的男神都有过那么不堪的青春期，但是周天这厮，至少有了让我嘲笑他的把柄。以至于后来每每他要出风头的场合，听见有人喊他男神，我都忍不住笑场。

周天真正变成男神，是在去了澳大利亚后。高三毕业后，我们就各奔东西了，直到大一暑假聚会，大家才从四面八方赶回来，而周天，则已经出国一年了。

周天出现的时候我正在跟其他同学吐槽潍坊的天气，看见他的时候，大脑差点短路。曾经的邋遢少年已经变成一个既干净又阳光的美少年，用二次元的话说，那人身上自带的光环，立马闪瞎了我的双眼。

他礼貌又不疏远地跟所有同学打招呼，最后坐到我身边，对我笑嘻嘻地说："怎么样？我这也算成功人士了吧！"

我摸摸他的白衬衫，财迷一样地问他："这是什么牌子，摸起来好舒服，肯定很贵吧！"

周天的表情一怔，随即笑起来："老赵你还是这么幽默。"然后凑过来继续说，"我在北京买房子了，再去北京不用住酒店了，住我家！"

我一愣，想起来前段时间去北京玩，拍了照片发到网上，敢情这厮一直默默关注着我呢。我连忙点头：

"好啊好啊！你包吃住，还包玩不？"

他笑起来，用手拍拍我的头，说："我还包来回路费！"

本以为是客套话，结果在散场的时候，他真的把他在北京的房子地址认真写给了我。他低头在笔记本上认真写字的时候，我忍不住开始悄悄打量他，与他失去联系几年后，还真的没有这么近距离地看过他。

似乎是觉察到了我色狼一样的眼神，周天把写好的地址塞进我手里，笑嘻嘻地问我，是不是觉得他越来越帅了。

我必须得坦白，周天确实不一样了。

结果，再见面就到了2009年，我去北京培训的时候。到了北京，我突发奇想给他打了一个电话，结果他真的在北京。

他一打开家门我就惊呆了，满屋子的白色欧式家具，漂亮的水晶灯，还有一阳台的花，想不到这小子居然这么懂得享受。晚餐我们没有出去吃，而是他下厨简单做了几个菜，我们在靠着阳台的小餐桌上喝酒聊天吹牛。

我感慨道："有钱就是好啊！你一邋遢小子，居然也能人五人六这么光彩照人。"

周天却只是笑，然后跟我说："你培训要半个月，

其实你拥有一切，什么都不缺

干脆陪我住几天得了。"

我说："孤男寡女，我怕。"

他哈哈大笑起来："别人说怕我信，你说怕，我还真不信！"

于是，我便真在他家住了半个月。这半个月简直让我的人生档次提高了不止一层，我也终于开始明白，原来有的人之所以优秀，是有必然原因的。

周天每天早上五点准时起床跑步，等他跑完提着早餐回来，我刚刚起床，这时他已经收拾利索准备开饭了。上午九点到下午五点是我培训的时间，他白天在公司处理事情，晚上偶尔会应酬，但是很少喝酒。每天回到家他会读半个小时书，他这个习惯是我万万没有想到的。说实话，在此之前，我对这种家境殷实的孩子，一直不怎么看好，总觉得他们是被金钱教育坏了的一代。可是从周天身上，我却看到了不一样的地方。

更让我惊讶的是，有次周天在家接了一个电话，对方好像是日本人，他居然能用流利的日语和对方交流。放下电话见我吃惊，他倒不好意思起来。原来他这几年不光把英语学了个通彻，还把日语和德语也一起学了。

男神之所以被人称为男神，是因为他们自带光环，优秀得让人侧目。我终于承认，周天也变成了真正的男神。而他拥有的这一切，与他优越的家庭条件分不开，也与他自身的努力分不开。他没有因为家庭条件优越就放弃了自己对语言学习的喜爱，也没有浪费父母给予的财富，反而利用这些条件，让自己变得更优秀。

其实，我们每个人都有自己的闪光点。也许我这样说，会有很多人跳出来反驳我："我们没有殷实的家庭，我们怎么可能变成男神？"我很想说，抛去周天的家庭不说，从他能坚持每天早上五点起床跑步，每天读书半小时的习惯，就不难看出，他身上有一个成功者最典型的品质——自律。当然，我不是说你每天早上五点起床跑步，每天读书半小时就一定会成为男神。我只想说，一个在日常生活中非常自律的人，对自己的要求肯定也非常高。自律的人一旦设定目标，就会坚定不移地朝目标努力，并且为之坚持。

这个世界其实特别公平，你付出多少，就会得到多少。

我们身边总是有很多心理不平衡的人说，凭什么我们一个宿舍，你天天玩我也天天玩，你考试全部优秀我却要挂科？凭什么我们家庭条件差不多，你却过得比我好？凭什么我们在同一个单位，你的待遇却比我高？凭什么我们一样吃吃喝喝，你身材不变我却胖一圈？

其实，哪里有那么多凭什么！只不过是你只看到了别人和你一样天天玩，却看不见上课时他在认真学习记笔记，而你在不停地刷朋友圈；你看见人家到处旅行秀恩爱，却看不见他为了完成一个项目彻夜工作；你只看到别人拿的奖金比你高，却看不到她会一直默默无闻地在周末加班；你只看到别人和你一样到处吃喝，却看不到回到家她为了保持身材每天坚持跑步运动一个小时。

没有一种优秀是偶然的。

嫌自己工作不好，就要努力学习业务，去给自己充电，然后找机会跳槽；嫌自己身材不好，就去坚持运动；嫌自己家庭不好，就和爱人一起制定一个目标，共同努力。心理不平衡其实一点用都没有，只会让你更加讨厌自己，加重你的焦虑感。你愤愤不平地吐槽，就能解决问题吗？你把不满情绪挂在脸上，就能让生活改变吗？

很显然，这些都是不可能的。

与其艳羡别人，不如踏踏实实走好自己的路。老天不会对一个努力的人太苛刻，你所流的每一滴汗，都将点亮你未来的路。

/ 3 /

我相信，大家基本上都看过胖子逆袭变瘦的励志故事，或者通过化妆等手段让自己变成网红之类的例子。

他们用自己的方式让自己变得更好，也给我们带来一丝美的享受。

张旭是我见过的最难看的男生，不是我嘴毒，而是在初中那种审美标准来看，他真的很难看。但是，现在他却彻底逆袭了。

他身高也就一米六左右，单眼皮，自来卷的头发，还戴着一副黑框眼镜。更让人觉得无语的是，他的裤脚从来都是耷拉到地上，磨得发白。他还常年穿着一双回力白球鞋，当然，那上面已经变黑了，让人分不清它本来的面目。

在我的印象中，他的整个初中生涯都是我们班的笑柄。他的作业本上被我们随意乱写着他的外号，他的课本被人肆意丢来丢去，没有一页是完整的。他也有朋友，不过都是些爱调皮捣蛋的同学，驱使他做这做那。好在张旭性格很好，即使这么被人呼来唤去不尊重，他也不恼，总是笑嘻嘻地把书捡回来，把作业本上的字迹擦掉。

其实当时的张旭在我眼里就是一个透明人，我和他根本没有任何交集。真正的故事，是从高中他开始喜欢校广播站站长开始的。据说第一次听校电台播音，张旭就喜欢上了这个温柔的声音，每天大课间都守在角落里用心听广播，还经常偷偷跑去电台的投稿信箱投稿，甚至去老师办公室，都要到广播站门口溜达一圈。

当时我因为会写东西一直在广播站做编辑，从张旭每天都要在门口晃一圈的行为，我就知道这小子肯定有事。当然，我不会自恋到认为他喜欢我。直到我看见他放学偷偷摸摸往站长自行车筐里放小花，我才知道这家伙的目标是谁。

我当时就想，这不是癞蛤蟆想吃天鹅肉嘛！站长可是我们心中的女神啊，怎么能容许你这样的邋遢小子去污染！

当时年少，出于恶作剧的心态，我对张旭开启了碎碎念模式，鼓励他去告白。

后来，他真的去了，结果，大家请自己想吧。我到现在都记得，众人的唏嘘和嘲笑声响了许久，许久……然后我看见他哭了，不知道是因为失恋，还是因为他人的嘲笑。

张旭的这种状态一直维持到高三，他却突然变了一个人，开始努力学习。在理科班最大的好处就是不用背太多东西，唯一需要做的就是不停地解题和做题，寻找最好的解题思路。那段时间，我们班几乎每个人都被张旭骚扰过，被他缠着解题，帮他找答案。

有次我起得特别早，就去教室看书，却发现张旭居然已经到了教室，正在背英语单词。见我早去，他冲我笑了笑。我想起来自己曾经的恶作剧，也不好意思地对他说："加油！"

从那以后，我开始和张旭有了接触。随后才发现，原来他真的是一个脾气很好的人。凡是经历过高三最后那段时间的人，都会明白那种令人窒息的压抑和完全看不到未来的恐惧感。

高考成绩出来的那天，我遇到了张旭，他如愿以偿地考了一个很高的分数。我又一次细细打量他，发现他的个头居然已经有一米七五左右了，身上的衣服也不再又大又邋遢了，气色也好了很多，细看之下，居然还有一种文弱书生的感觉。

我问他为什么会在最后的时候才想起来努力。他笑了笑，说那段时间他父母正在闹离婚。

瞬间我就明白了。每一个决定要从最底层逆袭的人，最后没有一个不是脱层皮或者掉身肉的。

再后来上大学，我和张旭一直没有断联系。我终于亲身见证了邋遢大王变身男神的步步艰辛。

大学没毕业，他就开始跟宿舍的几个朋友在淘宝上开了一家店，主营我们当地特产——阿胶。从销售为0到突破10万，他们居然只用了不到一年的时间。说起来也奇怪，他还是原来那个人，只不过个子又长高了一些，大概已经有一米八，衣服开始讲究品位和搭配，人也精神起来。他虽然还是那个软绵绵的好脾气先生，但从气质上已经完全变成了另外一个人。

不得不说，大学真是堪比整容医院啊！

后来的故事就特别简单了，他努力让自己的学业越发优秀，而店铺的运营成功也让他越来越有底气。我不知道是什么改变了他，也不知道是什么力量让他在这个重利益重物质的社会中依旧保持一颗纯真的心。他依旧是那个好脾气先生，没有因为自己取得的成就而沾沾自喜，也没有因为自己被人称为男神而得意忘形。他在大学里加入了很多社团，篮球社、推理社，甚至话剧社。他开始做自己从来不喜欢做的事，打球，跑步，动脑子，甚至上台去演话剧。他坦然面对自己的缺点和弱点，努力用自己的长处与这个世界温柔相处。

这样的人，怎么能不称为男神！

一个真正竭尽全力的人，运气都不会差。

再以后，他顺利考博，出国。回国后，他成了一家生物科技公司的技术总监，做自己喜欢的事，还有时间上的自由。更重要的是，他还娶到了美丽的太太。

他变得越来越好，越来越让人想忍不住靠近他，喜欢他。大家都觉得他身上有一种满满的正能量，觉得他几乎没有办不到的事。甚至，大家都已经忘了那个曾经在夜里哭泣的邋遢男孩。

其实在张旭身上，我猜想了很多，不知道是那次告白失败让他快速成长，还是父母离婚让他快速成长。在很多自己无法解决、无法避开的事情面前，这个少年选择了成长和改变。他用自己的努力在所有人都认为的最底层，一步步艰辛地往上走，尽管中间经历了无数颠簸，却也给了他一层盔甲掩盖软肋，并练就了好脾气与坚韧的性格。

我们每个人都有自己的软肋，所以我们常常会为这个软肋去寻找这样那样的借口，试图用借口来掩盖。其实最好的掩盖，就是给自己穿上一层盔甲，让这层层盔甲之后的软肋，依旧存在。

那些曾经用你的软肋嘲笑你，欺负你，甚至看不起你的人，根本无法改变你的生活，也无法走进你的世界。既然我们没有办法去改变别人，那么我们就要改变自己，朝最正确的方向前进，做最大的努力。

现在我们每次聊到张旭，都会大声感慨他的优秀和光环。而我总是忍不住会想起，很多年前的那个早上，我拿着书走进教室，他戴着黑框眼镜在书堆后面抬起头来，冲我咧嘴一笑的样子。

时光总会告诉我们，这个世界上，最美的从来不是那些人工做出来的东西。那些漂亮的妆容，那些美丽的衣服，那些精致的珠宝首饰，都不是最美丽的。最美丽的东西，是在经过时间的洗礼之后，开始褪去那些青涩，经过那些苦难，而最终成为最好的自己。

生活本就是一部大型电视剧，我们每个人都参演其中，扮演着各自的角色。但是未来的剧情到底要怎么写，笔在自己手里。而我始终相信，上天不会辜负每个认真努力的孩子，也许你现在是丑小鸭，但你早晚会变成白天鹅。只要你坚信，你生来就是白天鹅，那么，你的翅膀终究会长出来的！

其　实　你　拥　有　一　切　，　什　么　都　不　缺

关于物质

About matter

高学历的人群有你看不见的伤

/ 1 /

我老公冯先生头几天跟我说有个大学同学要来我们这里出差，顺便要来家做客。我想，来就来呗，不就是整几个菜弄两瓶酒的事嘛。结果冯先生有点吞吞吐吐，我好奇地问他："莫不是女同学？"冯先生连忙摇头："不不不，男生，还是博士呢，只是我这同学有点不太会说话。"

我拍拍冯先生的肩膀："没事没事，又不是要跟人吵架，会不会说话怕什么。"

冯先生的同学叫纪强，到我家的时候已经中午，他从济南坐车来聊城，到车站就被冯先生接回了家。一进门，我看他一身自在，面无表情地走了进来。

冯先生连忙介绍："这是你嫂子！"

谁知他冲我点点头，便坐在了沙发上。我慌忙给他倒上水，有点儿纳闷，这是第一次见面，我没得罪过他啊！

我走进厨房开始炒菜，冯先生陪他在客厅聊天，一会儿功夫溜达进来问我："你北京的那群小姐妹，有单身的没有？给强子介绍一个。"

我狠狠翻了一下锅里的鱼，说："伺候不起这位大爷！"

冯先生显然没明白我说的意思，一头雾水地跑去招呼纪强吃饭。席间，俩人喝了几杯后，话开始多起来。

我把最后一碗汤端过来放到桌子上，坐下也准备吃饭，结果纪强突然扭过头来对我说："嫂子，你把衣服换下吧，这油烟味儿太大了！"

当时把我气的啊，差点没控制住我体内的洪荒之力。没办法，谁让我要给冯先生面子呢，于是我又去卧室把衣服换掉，回来准备吃饭。

还没吃几口，便又听到纪强说："嫂子会写东西？"

出于礼貌，我只好赔着笑脸回答："没事瞎贫，写着玩。"

谁知人家居然没听懂，回我一句："我觉得也是，一般小地方的人，都眼界窄点儿，写东西局限性太大。"

此刻我真想扭头问问冯先生，你从哪里冒出来这么个极品同学。

一顿饭吃下来，索然无味。

饭后到了客厅，两人居然又聊起相亲的事，出于八卦，我连碗也顾不得刷，连忙跑到客厅端茶倒水。我倒是要听听，是哪个姑娘那么倒霉，要跟这种人谈恋爱。

听他叨叨了一会儿，我也算听出来了个大概。纪强自己是博士学历，所以也一直要求给他介绍的相亲对象最低是研究生学历，美其名曰"要有差不多高度的话题"。同事给他介绍过一个同样是博士的女孩子，他却觉得人家太高傲，还没主见。

我八婆一样的神经又开始兴奋，连忙问他："女的高傲点儿，才会让你们男的珍惜啊！"

"你懂什么啊！我约她出去玩，问她想吃什么，她说喝咖啡，我说咖啡有什么好喝的，还不如去喝豆浆。结果她还不干了，非要喝咖啡，一杯那个东西50多块钱，至于吗！浪费！问她吃什么饭，她说随便，我带她去吃面条，她就给我甩脸子！"

我和冯先生互相看了对方一眼，知道这话题不能再继续了。这哪里是人家高傲，分明是你既不会说话，又小气，情商还低。

说他小气，是因为他第一次拜访同学家，居然一件礼物都没有。不是说非要求必须带礼物，但想我中华泱泱大国，山东又是孔孟之乡，礼仪之邦，这礼尚往来之事，你作为一个高学历的成年人，应该懂得的吧！

看看他从进门到现在说的这几句话，哪一句是符合一个正常人的思维，正常人的情商的呢？

事后我问冯先生，如此一个朋友，你是怎么相处的？冯先生说他们宿舍基本上没有愿意跟他交朋友的。有一次，自己在大学朋友群里聊天，只是客套了几句，跟他说有空来聊城玩，结果人家真来了。

当然，对于如此极品的朋友，我也是醉了。这家伙不仅打破了我对高学历人群的向往和崇拜，还打破了我对容忍低情商人群的界限。

在我的潜意识里，高学历人群一般都是斯文且有礼，言谈让人舒适，举止不招人厌恶的。可是从一些高学历人群身上，我却发现，有些事情，他们做得远远不如我们这些普通人。

我的学历就是普通本科，一直以来我对博士硕士等高学历人群多少有一些盲目崇拜，因为自己无法到达那种境界，所以心中甚是敬仰。

本来，学历高是一件好事，但生活中有些学历较高的人，能力却往往不如学历较低的人。同一件事情，前者做得差强人意，而后者却干得有声有色。正所谓"好看不中用"，高学历者越来越徒有价值，而少有使用价值。

按理说，学历越高，知识应该越多，能力也应该越强。但事实证明，有时候并非这么回事。

在北京工作的那段时间，同部门的欢姐生了可爱的宝宝，休完产假回来，大家争先恐后地去看她手机里的宝贝姑娘的照片。说实话，刚出生的小孩子基本上都长得差不多，但是出于礼貌，我们几个女同事纷纷夸奖小姑娘长得漂亮，眼睛又大又亮，随妈妈，我们的话让欢姐也忍不住笑起来。可是，当手机递到小月手里时，她认真端详了半天，才慢悠悠地说："我怎么没看出来孩子随你啊！小孩子在我眼里都一样，皱皱巴巴像个小老头！欢姐，你看看你姑娘这眼睛边上，还有眼屎呢，你可得给孩子做好清洁工作！"

欢姐有些不高兴，一把夺过手机，甩了一句："你以后生孩子，孩子肯定也会像小老头。孩子眼睛边上的不是眼屎，是黄疸！"

可惜小月丝毫没有眼力见儿，依旧直白地说："欢姐，你怎么照顾的孩子，黄疸不是要照蓝光吗？你可得多注意啊！可别再有其他的毛病！"

欢姐白了她一眼，摔门而出，小月则是一脸无辜地看着我们说："她怎么了？我说错话了吗？"

当时我就很想跟她说，姑娘，你不是说错话了，而是压根句句都不该说！其实发生这样的事情已经不是一次两次了，小月作为我们部门学历最高的人，业务能力和知识水平都是非常强的，但是没有人喜欢她。为什么？因为她实在是太太太不会说话了。

有一次刚发了工资，部门里几个要好的小姐妹就一起去逛街。在商城里，我们对一些大品牌的东西都是觉得既喜欢又舍不得买，几个人在专柜前试了试，然后蕾姐叹了口气，把裙子放了回去："这裙子我穿有点不合适，显得我太老了。"

我们其他几个同事也非常默契地点头："是啊是啊，颜色显得你至少老了五岁，我们去其他地方看看吧！"

其实这本来就是我们用来推辞售货员推销的一种手段，几个人欢天喜地正准备继续逛，这时却听到小月不紧不慢地说："你是买不起吧！"

可想而知当时蕾姐的脸色，从此以后，大家再也不约小月一起逛街了。

所谓情商高，无非是一种能时刻为他人着想，对自己负责的行为和思考习惯，而情商低的人是没有这种习惯的。

最近朋友圈经常被一篇名为《情商高就是会说话》的文章刷屏，我看完后不由对作者伸出大拇指，确实句句在理。

情商低是件很要命的事，但最要命的是情商低的人往往并不认为自己情商低，他们觉得别人不懂自己，不够包容自己，那些会说话的人虚伪做作，自己率真坦白不虚伪，不与世俗同流合污。这点才要命。

如果在情商低的前面再加上高学历，好吧，这条致命的缺点，我都不敢想象未来要身处高精尖职位的人，是不是说话都能噎死人。

/ 2 /

在大部分孩子的童年里，似乎都曾经有这么一个人存在。这个人学习好，体育好，思想品德好，懂礼貌，有眼力见儿，讲卫生，还特别孝顺。我们给他起了一个非常顺口的名字——别人家的孩子。

我的表哥大鹏，就是"别人家孩子"中最典型的代表。

从小学到高中，他年年学习考第一，考第二都会痛哭流涕，面壁三天，思考为什么少了那一分。以至于我到现在还记得，有年我去他家的时候，他正在书桌前痛哭，然后突然从抽屉里拿出钢笔，在墙上狠狠写下"知耻而后勇"几个大字。问及原因，原来是考了第二名，比第一名少了1分。看到此情此景，我默默地把自己考了第二十多名的卷子藏了起来，我怕他让我自杀。

表哥的学历是硕士，好吧，又是一个在我眼中神一样的学历。请容许我眼界这么浅，没办法，我自己学历低，觉得比我高的都是神。

大鹏同志什么都好，上学学习好，毕业后考了公务员，分配得也好，目前唯一不好的一点是单身。为了解决大鹏同志的个人问题，我们七大姑八大姨纷纷上阵。什么事业单位、机关单位、银行、私企，只要有单身女性且条件符合，就一定会被我们家人拉来相亲。

可惜的是，一直到今年，大鹏同志依旧单身。看着我跟前已经三岁的娃儿，大舅非常郁闷，让我抽空去劝劝大鹏同志，问问他到底咋想的。

于是这个光荣而又艰巨的任务就落在了我身上。带着众人的期望，我跟大鹏同志进行了一次友好的洽谈。

"哥，你到底想要个啥样的嫂子？跟我说说，说不定我有合适的，给你介绍介绍。"

"身高165以上，学历至少得本科，长相一般就行，世界观和对事物的认知度最起码要跟我高度一致，我们才会有共同话题吧！"

我琢磨了一下，这要求也不算高啊！不过这个认知度是个什么东西？就是说俩人聊天能聊到一起去？

带着疑问，我把闺蜜的姐姐香姐介绍给了大鹏。香姐是一所985高校的本科毕业生，会计专业，168的个头，性格爽朗，缺点是有点黑且父亲已经过世。

好在大鹏也不在乎那么多，在一个月色尚好的傍晚，我带着大鹏，闺蜜带着香姐，我们四个在广场碰面了。大概介绍了一下，我和闺蜜便大摇大摆地去逛夜市了，剩下他俩在广场溜达。

半个小时后，大鹏给我打电话说可以回家了。于是我和闺蜜又赶回去接他们俩回家，回家的路上我问大鹏："哥，怎么样？"

"换了换电话，处处试试。"

于是我便把这事忘到九霄云外去了，反正线我牵上了，剩下的就是你们俩自己的事了。半个月后，就在我忙着业务考试的时候，香姐给我打来了电话："妹子，我觉得我跟你哥不合适，还是算了吧！"

我心里一哆嗦："香姐，怎么回事啊？你们头几天不是还挺好的吗？"

香姐在那边迟疑了一下："我觉得吧，你哥的那种境界，我达不到。"

香姐的话让我一头雾水，他能有什么境界？放下香姐的电话，我连忙打给大鹏："我说大表哥，你怎么回事啊！人家那么好一个姑娘，你还看不上？"

只听那边慢条斯理地跟我说道："老妹啊！小香那人，不太会说话。"

这下可把我搞迷糊了，这到底啥情况？为了搞清问题，我又跑到闺蜜单位，跟她说让她找香姐了解下情况，而我去问大鹏。

结果，大鹏还是那句话——对方不会说话。无奈之下，我只好去问闺蜜，没想到，闺蜜却把我好一顿批斗。

大鹏第一次和香姐约会的时候，两人定在香姐单位楼下的咖啡厅见面，约好时间是五点半。到了五点半，香姐突然发现自己还有一份文件需要发邮件，便耽搁了五分钟。等香姐赶到咖啡厅的时候，大鹏已经准备离开。香姐有些尴尬地道歉，说自己迟到了，结果大鹏说："没事，你忙吧，我先走了。"就这样，留下了不知所措的香姐。

再后来，香姐感冒了，大鹏给她买了一盒感冒药和一提水果，本来是件挺让人暖心的事，结果大鹏却说："多吃点水果，不然你病得更厉害。"

等等诸如此类的奇葩事件，最终让香姐败下阵来。

后来我再也不敢给大鹏介绍姑娘了。说实话，我真心觉得大鹏这些年读书都读傻了。在和异性交往中，最起码的礼貌和交际他都不懂，而这些本就是生活中最普通的接人待物方面的事。我不知道大鹏变成这样是教育的失败，还是社会只看学历不看能力造就的。如果说大鹏在和异性接触中都这样，那么我很难想象他在单位里是如何与同事相处的。

我想，在生活中，像大鹏这样高学历低能力的人并不在少数，为什么总是会出现这样聪明人办傻事的现象呢？难道知识越多越无能吗？那么学习知识的意义究竟何在？

只能说，学历高不代表知识多。在我毕业那几年，本科就是很高的学历。如今，学历越来越高，但也越来越名不副实。越来越多的人顶着高学历的光环，可其实脑袋里是空荡荡的。如果说在高考时他们是满腹经纶，那么毕业时也就只不过是虚度几年光阴，多混几年学校，拿到了更高的文凭。更有甚者，大学几年基本都献给了游戏和恋爱，连写毕业论文都要找人帮忙。可想而知，这样的人进入到社会中，没有真才实学，空有一张文凭，也难怪技不如人。

其次，即便知识储备多，能力也未必强。有些高学历的人长久致力于书本学习，对于理论知识说起来头头是道，但却远离了实践和现实。他们把大量时间都用在了研究他人的理论之中，却忘记了最本真的道理——实践才是最重要的。

因为这些原因的存在，让许多人本该存在和养成的基本经验和技能都没有形成，同时又因为知识的不断单调堆积，直接遏制了悟性。另外，书本上的知识是很少能直接搬过来就用于工作的，两者之间必然存在着一定的不同，这种不同不仅仅是高学历和满腹经纶就能解决的，这需要不断地亲身实践和尝试失败，才能缩短这种距离。可是，很多人却喜欢自命不凡，觉得自己的理论知识足以单独工作，这样往往出现眼高手低的局面。

不过，话说回来，实际上，知识在各项工作中绝对是最重要的。在现实生活中，我们可以对眼高手低的高学历人群报以批判，但是绝对不能说知识没用。虽然也有很多受教育程度不高却能取得成功的人，但我们不能光看人家受教育程度不高的一面，最重要的还是他们懂得在生活和实践中学习，弥补自身的不足。虽然他们没有名校学历，但是他们却在自己从事的领域里是行家，拥有过人的能力。

其实，知识和能力之间是完全可以相辅相成的。不管是低学历还是高学历，都需要有一定的知识沉淀，再有一定的亲身实践，方可成功。

至于大鹏找对象的问题，我觉得，还真得让他多失败几次，才能明白自身问题到底出在哪里。

　　另外，自从把大鹏从我心中的神坛位置上拉下来之后，我小人得志的心态顿时无比开怀。你瞧，我一个本科生，可以做自己喜欢的事，有自己爱的人和一个古灵精怪的女儿，我还崇拜啥高学历干什么？

　　小人物的幸福，不在于学历高低，不在于拥有多少光环。我只知道，我是这红尘中最普通的人，我用自己最舒服的方式过完我这短暂的一生，足矣。

其实你拥有一切，什么都不缺

北上广并非想象里的天堂

/ 1 /

谨以此文献给那些曾和我一样北漂失败的兄弟姐妹。

大学毕业第一年，我从济南的出版社辞职后，开始了北漂生涯。其实当时年轻的自己并不知道要去北京做什么，只是固执地觉得一定要去北京，那里才是梦开始的地方。

我们也许都曾经有这样一个梦想，你想小心翼翼地守护它，一步一步地实现它。我对于这个梦想甚至连具体化的概念都未曾拥有，但我的内心就是有一种声音在叫嚣：到北京去，到上海去，到大城市去！

坦白说，我是一个很情绪化的人，踏上火车的那一瞬间，我便知道，在追梦的途中，我只能是自己一个人来面对一切，无论未来要经历什么，我都要一个人去面对，去成长。不管是无助还是迷茫，我都将一个人在那座城市里打拼，不管怎样，至少现在我不能放弃，不然我就永远也不会知道我想要的未来是什么样子的。

　　所以，在追梦刚开始的时候，我充满了激情。

　　我在北京跟老家的大伯一家住一起，没有去住地下室，也没有时间去租房子。我跟姐姐住一个房间，大伯在姐姐房间里用床头柜加木板给我拼了一张床，窄小得让我几乎不敢有大动作。现在回忆起来，我真庆幸我当初不过百的体重。

　　刚开始的时候我每天晚上跟姐姐聊天，看越狱，我还畅想着等找到工作就搬出去，虽然大伯一家对我特别好，但是寄人篱下的日子还是让我觉得很不适应，于是我开始找工作。

　　说起来，北京真是一座包容性很强的城市，无论你是什么样的人，都会有适合的工作接纳你。大伯给我介绍了一家对外贸易的公司，对方只是问了问我的个人情况，便让我去面试。结果很遗憾，对方要求能熟练用英语翻译和交流，因为他们的客户基本都是对外的。我有些犹豫，因为自己那蹩脚的英语实在拿不上台面。于是与这次好机会错失，也增强了我要继续学英语的信念。

在北京，你只有一份能拿出手的技能，才有进步的无限可能。

第二次面试和第三次面试都非常奇葩。第二家公司是一家设计公司，要求会CAD制图，地点在北沙滩。大伯家在世界公园附近，为了早到，我五点起床赶公交车，然后转地铁、再转公交车。说实话，那些日子，我基本上把北京的公交系统研究透了。

到了面试单位，已经是上午十点了。因为我和公司负责人约好的时间是十点半，于是我到楼下卫生间里稍微调整了一下自己，看着镜子里那张年轻的面孔，我突然觉得，我的未来似乎有些模糊。

面试很简单，负责人问了我一些问题，然后让我在电脑上画一个立体的杯子和一个正方体。东西我都会做，就是用的时间长了一点，负责人告诉我，这个职位月薪6000起，要求一来就能上手。我非常自觉地收拾东西离开，第一次觉得自己这么没有底气。其实我当初完全可以和他讲，我可以降低下薪酬，毕竟我不是不会，只是熟练度问题。而我却因为他的这句话而选择了离开，甚至又与好机会错失。

下午回来的路上，我接到大伯的电话，他又帮我推荐了一个公司，据说还是跟文化沾边的。我在路边等了半个小时，终于等来了大伯口中接我的车。

在此一定要奉劝各位初到北京的朋友们，千万不要学我傻大胆，跟一次面都没见过的人上车。当时车上有两个人，我坐在后排，司机介绍我身边的中年男子居然就是老板！我认真打量了一下这辆车，就是普通的大众桑塔纳。好吧，难道这是一位低调的老板？

老板先是非常肯定地夸奖了我一番，这让我有些莫名其妙。然后话锋一转，问我有没有博客，会不会写博客。我点点头，告诉他我有自己的博客，而且每日更新。他似乎非常高兴，问我对文化产业有没有了解。见我摇头，他便告诉我自己是某某某文化企业的老板，产业包括创作机构、写书的、画画的等等，他们的主要工作是到全国各地出差，与当地政府联系，开画展、拉投资等等。

我被他忽悠得有点晕，慌忙问他我能做什么。他看了我一眼，从书包里拿出一本书，递给我，慢条斯理地说："介绍人说你能写点东西。这本书是我写的，你看看，给你三天时间，给我写个读后感吧！另外，我现在要去国家美术馆见一个大师，你考虑下，要是愿意来我这里上班，就做一件事，给我写博客，增加关注量，先实习俩月，每月工资400，给你交通卡。"

说完，他下了车，留下我和司机在车上。我看着他给我的那本书，大体翻了翻，里面都是一些关于营销案例的分析和评论。说实话，我常自喻为文艺青年，对于营销学的知识基本上只是看过，而没有系统地了解。而且，我刚失去一份月薪6000的工作，现在突然又冒出来一份月薪只有400的工作，这天上地下的，让我整个人有点蔫。

正当我发愁的时候，司机大哥开口说话了："姑娘，你是山东人吧！"

我点点头。

大哥顿时换回了我熟悉的山东话："姑娘，我山东济宁的！"

妈呀！顿时一种亲切感迎面而来，我矫情地差点哭出来。

大哥无视我激动的神情，淡定地说："我觉得，你如果真想做的话，就跟他好好讲讲条件。这都什么年代了，还给400的工资，北京这地方你光吃饭也不够啊！再说了，你一个年轻小姑娘，找点高端点的工作不行吗？非得给人当枪手啊？"

其实，每当回想起那一年经历的事情，我都会非常感激那些曾经给予我帮助的人。他们把我当一个刚出校门的孩子，不忍见这个残忍的社会抹去我的善良，总是在我最低落的时候，向我伸出援手。

最后，我婉拒了这家不靠谱的公司，也终于开始正视自己的价值。在北京漂，我能挣多少钱？我会什么？我能为公司做什么？

想明白后，我去了一趟国家图书馆，扛回来五本网页制作方面的书。我放弃了会计专业的工作，开始在计算机类图书里寻找灵感，因为我对会计工作真心爱不起来。我无比感谢我曾经的计算机老师，他让我多了一项技能——做网页。

很快，一家网站制作公司向我伸出了橄榄枝。面试那天其实我特别倒霉，先是手机刚好在那天停机，跑到车站又错过了公交车，等到了公司门口，匆忙买了煎饼果子，还被酱汁溅了一身。

你无法理解我当时的心情，沮丧、无助甚至气馁，眼泪开始不争气地落下来，好像这一段时间被压抑的心叫嚣着要找个借口发泄。我蹲在公主坟公交站前，看着从我身边不停走来走去的人们。他们有的微笑，有的眉头紧锁，有的衣着光鲜，有的邋遢不堪，可是他们都目光坚定，步伐紧凑。当时我就想，他们之中有多少是像我一样为了一个不具体的梦想漂在北京的人呢？一定有很多吧！

原来梦想的力量如此强大，可以逼着人们一次次告诉自己要坚强面对，面对那些看似无尽的深渊和可能永远也融不进去的圈子。

我哭了十分钟，然后站起来，看到马路对面的一家外贸店开门了。我花了80块钱给自己买了一件带有民族特色的衣服，把那件脏了的T恤丢在背包里，擦干眼泪，就去面试了。

让我意外的是，面试居然非常成功。人事经理让我下周一来公司上班，并给了我一张交通卡、一张餐卡以及一个工位。

到现在，每次想起来那天的事情，我还是觉得这简直让人难以置信。在我经历了这么多倒霉又奇葩的事情后，居然一切终于步入了正轨，幸福来得有点太容易了。也许有人会问，那你为什么会选择离开这座城市呢？因为压力和圈子，是我永远也难以跨过的那道坎儿。

网站的工作其实对于我来说是稍微有点难度的，但是好在我并不是那种特别懒惰的人。最初的时候我会被主管骂得狗血淋头，但是当我把在公交车上的所有时间都用来背代码、看书后，一切都开始慢慢改观。可是真正让我觉得有压力的事情是，公司让我们在没有具体工作的时候，也跟着业务组一起去找客户，所谓找客户就是让别的公司用我们公司做自己的企业网站。让我难以理解的是，现在越来越多的公司都有自己的网站维护团队，为什么还需要我们去找人家呢？我们面对的市场难道不是没有网站维护团队的公司吗？

可是主管却像一个外行一样撺着我们东奔西跑，每天看着太阳东升西落。当我拖着疲惫不堪的身躯回到家后，甚至连话都不愿意多说，这一天不知道看了多少前台的白眼，不知道和人说了多少句好话。

我有些迷茫，这就是我要的梦想吗？见识到了有钱人在北京如鱼得水的生活，见到了有权的人在北京畅行无阻的生活，见到了北京圈里的文化人，见到了北京繁华背后的阴暗。我要怎么办？是继续下去，还是重新选择？

正当我为自己没有达到业绩标准拉到单子而烦恼的时候，压倒我的最后一根稻草终于落了下来。周末公司要聚会，作为初到北京仅仅两个月的新人，同事只是告诉我到同一首歌KTV集合。

下班的时候，大家呼朋唤友、三三两两地离开。空荡荡的办公室里，只有我的电脑屏幕还在亮着，因为主管交给我的一个文案要修改。欢姐跑过来跟我说离开的时候记得检查门窗，小月让我不要迟到，文文则提醒我准备好今天晚上要唱的歌。

大家都去吃饭唱歌了，而我在加班。因为主管安排给我任务的时候已经四点半了，而我们五点下班，可他却说明天用。看着越来越安静的公司，我突然觉得自己的内心也安静了下来。我开始怀念我在出版社的时候，无论什么时间，都有好友陪在身边一起加班，哪怕加班的只有我一个人，也能看见她们几个在一边看书或者玩手机。

我很孤独，是的，我融不进这个已经有了固定人员的圈子。

那天晚上，当我赶到同一首歌KTV的时候，已经七点多了。我不知道同一首歌是提供自助餐的，也不知道她们是吃过饭以后才上来唱歌的，我只是知道，当我推开门进入包厢的时候，只有小月独自一人在沙发上玩手机，而其他人都在很开心地唱歌跳舞，并没有人注意到我一直在加班，也没有人注意到我没吃饭。

我突然明白，人有的时候，真的不能太把自己当回事。我原本以为我不到场会显得很失礼，却没有想到根本没有人在乎你来不来。

饿着肚子坐在沙发上，我自嘲地笑了起来。生平第一次端起酒杯，喝下了苦涩而又难以下咽的洋酒，和着泪，一起吞进了肚子里。

从此，我开始很少笑，很少说话，很少发言，甚至很少外出。我一直试着融进这个圈子，可是我却发现不是我不努力，而是这个圈子很排外。有学历的跟有学历的是一个圈子，老乡和老乡是一个圈子，住在一起的姐妹是一个圈子，消费观念一样的是一个圈子，而我的圈子，在哪里？

半年的实习期很快过去了，当人事部通知我要签正式合同的时候，我拒绝了。我觉得，两年的漂泊和尝试，让我越来越清晰地认识到，自己的性格和天赋到底适合做什么样的工作，我的梦想到底是什么！

我辞职了，然后用剩下的工资把北京所有的景点都逛了个遍，把北京的小吃尝了个遍，把北京的胡同，北京的酒吧，北京的人文，都踏踏实实地用脚丈量了一个遍。

当我不再心情阴霾的时候，北京真的让我流连忘返。这真的是一座美丽而又充满梦想的城市，可是，这里却不是实现我梦想的地方。我看着那些怀揣梦想纷纷涌进来的人群，只能在心里默默祝福他们都能实现自己的梦想，过上自己想要的生活。

有人说，年轻就应该去大城市里闯荡，大城市里机遇多。也有人说，年轻就应该有一次奋不顾身的旅行，只有在旅行中才能真正找到自我。我很庆幸，从济南到北京，从北京到聊城。我经历了二线城市到一线城市，又从一线城市回归三线城市的旅行。这场旅行是我人生中难以忘记的一次经历，它是一场在不断前进中寻找自

其实你拥有一切，什么都不缺

我的旅行。

我在北京收获了丰富的人生体验，我开始比从前更专注学习，更热爱生活，更喜欢接触新的事物。在北京的经历让我学会了如何在孤独中成长，让我学会了如何独自生活，让我学会了如何强迫自己去做自己不喜欢做的事情，也让我懂得了要学会说不。

我在这次经历中认识了自己，了解了自己，开发了自己。这场旅行并不是没有意义的，我回到聊城后，找到了真正的自己，也明白了自己真正的梦想是什么。

如果有一天，你要去闯荡世界，那么，请背上行囊勇敢去闯。不要担心时间不够，不要担心青春太迟，你想要的，时间会告诉你，岁月会告诉你。北上广，并不是适合每一个有梦想的人，有些梦想，是在大城市做不到的。

这些年，每当夜深人静的时候，我都会想起在北京的那些日子，越发佩服那些能在北京熬得住寂寞，忍得住孤独，一直在路上为梦想奋斗的人们。

希望你们一切都好！

/ 2 /

程程是年初从上海回来买房的，她是我认识的人中在一线城市待得最久的一个，我一直以为她会在上海安家。

程程买完房子后跟我说，在上海，要想更好地生存，你必须得克服自己的羞耻感。是的，你必须变成一个厚脸皮的人，才能跟那些上层人士混在一起，才能显得自己有底气且势均力敌。

如果说在北京的缺点是势力和圈子太多，那么在上海则是赤裸裸的物质，在上海生活太贵了！程程最早的时候一直以为自己能在上海买一套小小的一居室，可是随着时间的推移，房价涨得飞快。她和老公俩人的工资除去正常开支外，倒也能攒下一部分，可即便如此，却连首付都付不起。程程说，在他们租的房子附近，房价已经5万多一平方米了，而在她公司附近，则是七八万甚至更贵。十年上海打拼，俩人攒了50万，却发现连房子都买不起。今年程程准备要孩子，如果再加上孩子的支出，俩人更是难以攒下足够的钱，思来想去，最后决定回家买房。

其实仔细分析程程的情况，也不难理解她什么会选择离开上海。她和老公是同学，俩人结婚后都在上海奋斗，程程做营销，老公做金融。按说两口子都是热门岗位，工资不低，经济能力应该足够买房首付。可是上海的房价实在是太贵了，这几年他们俩攒了50万，双方父母又提供了30万，手头上一共有80万的资金。80万听起来确实不少，可事实上在上海刚够一套稍微靠近市区附近的小两居的首付。除了首付之外，10000多的月供也会让两口子吃不消。此外，如果将来有了孩子，父母免不了要来帮忙照看，房子也会十分拥挤；父母如果不来，自己照看肯定又会耽误工作，影响收入。

再想远一点，两人都没有上海户口，将来孩子入托、入学势必困难。程程打听过，非户籍居民如果想上个不错的幼儿园或小学，往往要交3万元以上的赞助费。

买完房，我们俩在聊城一家不错的餐厅吃饭，程程无比感慨："在上海，像这样的餐厅，你点一份面条都要50块。这几年在外面，越发让我感受到，外地人在大城市真是越过越难，除非你真的特别有能力、特别有钱。"

作为早早从北京撤离的人，我深有同感。虽然身边依旧有很多朋友在不断地离开小城市去大城市发展，但是我已经不再羡慕和渴望了。

犹如钱钟书在《围城》里说的那句话：城中的人想出去，城外的人想冲进来。近几年在北京、上海、广州和深圳等中国特大城市，这种现象已经愈演愈烈。

其实，无论"冲进去"，还是"逃出来"，都不过是一种生活的选择，关键在于你追求的是什么。

我问程程，甘心放弃那么好的工作和环境，回到家乡工作吗？

程程苦涩地笑了一下，摇摇头。

我想，当他们选择离开北上广的时候，每个人的背后似乎都写着三个字——不甘心！可究竟要怎样才算甘心？年薪百万？还是所谓的出人头地？当我们的能力支撑不起我们的梦想时，认输也是一种勇气。

当然，每个人都有每个人的追求，有人就是执意将青春热血挥洒在大城市的这片热土上，就算自己无法成功也在所不辞。而在我看来，无论你要选择怎样的生活，都要对自己的人生负责。也许有人喜欢知难而退，也许有人喜欢在灿烂中死去，不管怎样，那都是一种令人尊敬的人生态度。

程程是幸运的，在聊城，80万足以让她买一套120平米的房子，算上家具和装修，剩下的钱还能买一辆家用汽车。而且，聊城是他们夫妻俩的老家，若有了小孩，家里老人还可以就近照看。所以，当年初猎头公司向她丈夫推荐聊城的一家公司时，程程毫不犹豫地支持他跳槽："奋斗过了，也见识过外面繁花似锦的世界了，现在觉得还是回老家过得从容些。"

我笑着看她，她的脸上充满了对未来新生活的向往和渴望。聪明如我们，孤独如我们，无奈如我们，我们总是要亲自去体验、尝试之后，才会真正懂得，自己能适应的到底是什么样子的一种生活。

没去大城市之前，我们憧憬羡慕着，渴望自己也变成光鲜靓丽的人。可是，这世界上毕竟还是普通人多，我们盲目追随他人的脚步，走着走着，似乎就会变得和初衷有些不一样了。我想，我们去大城市的目的是为了让自己变成更好的人，那么为什么要让自己变得这么累呢？这个时候我们应该停下来想一想，我们是不是要为自己做点什么呢？

人生总是在不停地选择，但是我们总是要相信，每一次选择，我们都是为了让自己过上自己想要的生活，而不是让自己越活越累。

小城市的夕阳一样美好

/ 1 /

这篇文字，其实可以和上篇文字相呼应。

我一直欣赏一句话：真的勇士，可以面对鲜血淋漓的现实。所以当我背着包离开北京的时候，我没有觉得自己很悲壮，反而觉得很开心。因为我从来都觉得自己是一个乐观的人，既然我已经通过自己的行动证明了自己不行，那么我就换一条路走。天下大路如此多，何必要一头撞南墙。

很多事不需要头破血流才懂得放弃，当你觉得力不从心的时候，也许就是你走错了路。

故事依旧很简单，从北京回来我就开始准备公务员考试，失败后开始入职工作，最后又参加公务员考试，顺利转正。工作上顺风顺水，感情却一直屡屡受挫，最后放弃相亲，直到学车的时候遇到冯先生，一切水到渠成。如果说经济收入，那么我只能说，我和冯先生加起来，还不如当年我在北京一个月赚的多。

没错，这就是落差，经济上赤裸裸的落差。不过幸运的是，我们有房子有车子，甚至没有贷款。夜深人静的时候我常想，如果我依旧在北京，是不是还会继续每天挤着公交车，算计着哪里的房子我能付得起首付，甚至遇不到相爱的人。

你看，这就是大城市和小城市的区别。当然，你选择了小城市，并不意味着就要告别那些繁华的生活。小城市如果是你的故土，你会发现周围的商场、游乐场、餐厅已经如同雨后春笋一般拔地而起，你和朋友的下午茶，晚上的聚会，深夜的KTV，小城市都已经能满足了。

我在聊城这座小城，过得非常惬意，这里有波光粼粼的东昌湖，有广阔的广场文化，有美丽的运河风光。春天我和朋友去运河边烧烤野炊放风筝，夏天我们去湖边的游泳馆游泳，秋天我们在公园里漫步，冬天我们泡着温泉哼着小调，小城市里有大城市里没有的慢时光。我们没有朝九晚五的快节奏，也没有风风火火的人生追求。尤其像我这种不思进取、不爱奋斗的个性，窝在小城市里才是最大的乐趣。

当然，这仅仅都是我个人的感觉。看着每天都不断涌进大城市的人潮，我也只能自嘲地笑笑：我真的不如他们！

我妈家的邻居于太太，是我一直特别羡慕的对象。从我们相比为邻开始，他们家的阳台上就一直开满鲜花，春天是生机盎然的一片新绿；夏天就是五颜六色的小花，还有绿色的藤蔓爬满了阳台外面的架子；秋日里也未见萧条，反倒有不知名的花儿开得十分灿烂；冬日里香雪兰摇曳多姿。

于太太在我们本地开了一间美容院，老公在事业单位上班，孩子去了广州工作。她常年穿旗袍配大衣或者披肩，一双跟不高的高跟鞋，戴着一条珍珠项链。她倒是很少化妆，但是却非常爱笑，给人很舒服的感觉。

我喜欢她并不是因为这些，而是因为，她才是那个大城市里出来的千金小姐，却愿意跟着老公回老家从头开始。于太太是正儿八经的上海人，上大学的时候和老公一见倾心，老公在上海根本买不起房子车子，无法为她留在上海。为此，娘家人跟她吵过，闹过，也为她介绍过门当户对的公子哥，可是她就是不喜欢。最后一次吵架，她对妈妈说："你们眼里最好的，未必是我心里最好的，你们觉得最合适的，未必能让我过好！"

当我听到这句话的时候，也忍不住为于太太伸出了大拇指，好一个有个性的女子！后来的故事就是于太太和老公一起回到了聊城，她一下子就爱上了这座悠闲又安静的城市。两个人相互约定，谁也不干涉谁的职业选择，一起为自己的小家努力奋斗。

于太太说，很多人都不理解她为什么要离开上海，放弃了那么多在其他人看来非常优越的生活。

我问她是不是因为"我心安处是吾乡"。于太太冲我微微一笑："傻丫头，我哪里有时间考虑那些文艺调调！我来这里，一方面是为老公，一方面，是不愿意照着别人设定好的剧本过一生啊！所有人都认为我应该留在上海，找一份体面的工作，找一个门当户对的人结婚，生一两个娃娃，这样就对了。可是当时我一直在想，我到底要什么样的生活，是和其他人一样的，还是要过我自己的生活？像我这样的人，不爱早起，不喜欢朝九晚五，不爱动脑筋，在上海，有什么工作能让我做呀！也只有跟着他，想怎样便怎样，这些年，也算过着自己想要的生活。"

我也笑了。是啊，如果我们总是按照别人为我们设定好的剧本去过自己的生活，那么，我们还是自己吗？已经能预知的那种人生，还有什么乐趣可言？而人生的乐趣本就充满了不确定，我们从一种生活跳脱到另一种生活，跟从自己内心的决定，去发现去研究去体验，这才是我们应该寻求自己人生的一种体验啊！

在北京，虽然我也可以一边写字一边工作，但是，像我这样的性格的人，大概会觉得很辛苦。因为我本来就是一个既懒又热衷于享受的人，当然，那样很辛苦的事情或许能让我赚很多很多钱。也许有人会说，你既然爱看书爱写字，为什么不能在北京更好地发展下去呢？很多人在北京熬着熬着就成功了！

这话没错！不过话说回来，在聊城如果我看书、写作能让我赚很多很多钱，那么对我来说是最好不过，可是如果赚不到，我也不会活不下去，毕竟我现在的收入在这个三线城市属于中等水平，也可以很好地生活下去。可是在北京，我怕我连房租都会付不起。

更严重的是，如果我赚很多很多钱的代价是让我远离父母、远离爱人、远离孩子，甚至连安静看书码字的时间都没有，失去了与朋友的聚会，没有了独处的时光，那么我想，这个钱我宁可不要赚。因为我为钱失去得太多，便丢失了我生活的意义。我是为了生活而赚钱，而不是为了赚钱而生活。

而我那个已经找回的梦想，便是人生有酒可以醉，酒醒有人陪。

其实，也有很多人一直在谴责我当初离开北京的选择，比如我曾任职的那家公司的人事经理。很开心的是，私下里我们也成了好朋友。

她长我几岁，离职后我便称呼她为任姐。任姐在我最初选择离职的时候一直很疑惑，她不明白我为什么要放弃北京高薪又有前途的工作。在她看来，等我签完合同，再工作一年，基本上就可以调离岗位，做某个部门的头头，为此她常常替我感到遗憾。

我在通过公务员考试的时候给她发微信报喜，她先是非常开心地恭喜我，随后便问我，基层公务员工资每月多少钱。

当她知道我每个月的工资还没有她奖金高的时候，她的声音差点把我的手机震坏。她问我是不是疯了，难道公务员那个称谓就这么高尚，值得我放弃大好前途跑去考一个她不屑一顾的东西？

可是，在我眼里，职业本没有高低贵贱之分。你在大城市里做白领，我在小城市里做普通职员，只要做得快乐，足够生活，能满足自己的欲望，在哪里工作又有什么区别。谁说大城市的月亮就一定个别呢？我看小城市窗外的明月也一样皎洁动人。

哈利·波特之母曾经说过：人最幸福的，就是做自己喜欢的事情，还能谋生。而很多人，做着自己不喜欢的事情，度日如年，或者只做自己喜欢的事情，却发现无法谋生。两者都能兼顾的，是需要有强大内心的。

我必须得承认，我喜欢安逸的生活，那么这样注定就要失去一些东西。我放弃了北京，但不意味着我的人生将没有办法重新开始。现代人最容易犯的一种病，就是怕失去，怕落差。任姐其实对我非常好，虽然她常常用自己的思维去替我考虑问题，但是并不能代表我真的会像她以为的那样过得不好。

北京和聊城的区别虽然有太多太多，两座城市完全没有可比性，但是我却觉得从北京逃离后，聊城让我觉得更舒服。并不是每一个年轻有梦想的人，都要选择去大城市奋斗，有些东西大城市可以给，而有些东西，大城市却真的没有。

当然，我并不是想要告诉你离开北上广有多么好，我只是想用自己的故事告诉这个世界，如果你真的觉得大城市让你很辛苦，不妨退一步，到二线三线城市试试，换一种生活方式，或许你会发现有些东西真的不一样。

或者，如果你不能决定自己的生活，那么至少，在大城市里，你要决定自己的心态和决定自己的心情。

不管我们在哪里，无论是大城市还是小城市，我们都要努力活出最精彩的自己。

/ 2 /

前段时间，电视里经常出现不少人集体逃离北上广的新闻。我有两个在北京认识的朋友，纷纷投入了逃离大军。

先来讲讲大鸟的故事吧。

大鸟本名不叫大鸟，之所以这么称呼他，是因为他曾经有条签名：我是一只漂泊在北京的候鸟。

大鸟不是北京人，他的老家在承德附近的农村，家里的长姐已经结婚生子，父母两人独自在农村生活。有一次过年回家，老父亲把他拉进里屋，从枕头里掏出一个破旧的笔记本，上面记录着家里的存折在什么地方，密码是多少，借给谁多少钱，欠条在哪里，坟地在什么地方，白事要怎么操持等。

大鸟说，他知道老父亲的行为意味着什么。看着本子上歪歪扭扭的字体，这个一米八多的汉子红了眼眶。

这个世界上，最悲伤的事情是什么？子欲养而亲不待！

大鸟开始犹豫了。自己赚那么多钱的目的，不就是希望给二老一个舒适的晚年生活吗？可是，他们真的需要那么多钱吗？

最终让大鸟下定决心的，是北京如同天高的房价。他们公司附近最便宜的小区，每平方米房价在3万左右，而他的工资一个月1万多点，如今在北京漂泊了近五年，他的存款不过20万，距离房子的首付还差很远。如果再算上以后的月供，他恐怕连媳妇都娶不起。思前想后，他开始在网上寻找承德的工作。

功夫不负有心人，今年年初，他在承德找到了一家企业。回到承德后的大鸟，先是用存款付了首付买房，每月的月供他完全可以接受。四月份的时候，他说通了父母来承德一起住。最近他正在热恋，每天的朋友圈都是无下限地秀恩爱。

另一位，女性朋友佳佳，是典型的皇城根下的姑娘，土生土长的北京人。

佳佳是我们这一群人中文艺病最重的一个，她做的疯狂事情也是我们可望而不可即的，对于她的生活态度，我充满了太多向往。

2013年的时候，她和老公进行了一次辞职去旅行的心灵之旅，从此就爱上了大理这座城市。俩人先是在客栈里住了半个月，而那半个月的时光，让回到北京的她简直想起来就不能自已。

"我想要的生活，有山有水有花有鸟，还有你。"

这是佳佳在她的空间里保留时间最长的一句话。于是，2014年，夫妻二人终于决定定居大理。

离开北京的时候，她在机场候机厅里给我打电话："亲爱的，我终于要离开北京了。我要去那座有花有水有阳光的小城里过自己的下半生。还记得我们当初说过的话吗？找一个与世隔离的地方隐居，种一亩田，养一条狗，捡一只猫，身边有爱的人，不求富贵，只愿安康。"

我握着电话死命地点头，泪水却忍不住地往下掉。

她似乎听到了我哽咽的声音，也有点小激动："慕慕，我知道你肯定是因为喜悦而流泪，我终于要过上自己想要的生活了。我受够了北京那整日不见太阳的雾霾天，也受够了格子间里的钩心斗角，受够了那些没日没夜的加班。你看，我还是和你一样，从那个地方逃出来了。我会在大理等你，不管你是旅行还是要来投奔我，我都等着和你重逢。"

没错，我是因为喜悦而忍不住泪流满面。这个世界上，真正勇敢的人毕竟是少数，我多么幸运能遇到佳佳，这个为了过上自己想要的生活而不顾一切的女人。

如今，佳佳和老公在大理开了一家客栈，她把客栈的角角落落摆满了鲜花，我看她发到网络上的照片，心里也跟着温暖起来。照片上的佳佳眉宇间充满了淡定和温柔，她穿着长长的棉布袍子，散着长发赤着脚在地板上做瑜伽，阳光透过窗户照射在她身上，非常美。

她的生活，令我神往，羡慕不已。

作为这两个人的朋友，我看着他们从北京经历的一切，再看着他们离开北京所发生的一切。同样是离开北京，他们却因为选择不同，有了不同的生活。大鸟是出身寒门的普通人，佳佳是衣食无忧的北京姑娘，两个人所背负的东西完全不一样。

可惜，繁华之地，众人皆趋。

大鸟说，当初选择去北京打拼，是为了给自己一个未来，也是为了给父母更好的晚年生活。回到承德，并不是说就要失去未来，而是为了更好的未来，而这个未来里，必须有父母的存在。

佳佳说，北京的天是灰色的，大理的天是蓝色的；北京的节奏是飞快的，大理的节奏是缓慢的；北京四季分明，大理四季如春。她在大理遇见了很多从大城市来旅游的人，大家向她讲述这样那样的故事，她觉得，这才是自己想要的生活。

我觉得，他们才是真正为自己而活的人。

佳佳在微博上写道：人生要勇于改变，勇于面对每一次的改变，不管是好的，还是坏的。每一次改变都是一次新鲜的体验，都是上天给予我们最独特的经历。

人生便是如此，你选择了离职，就注定会失去稳定的收入，不过相应的，你却会得到自由的人生；你选择离开高薪职业，就注定会减少收入，不过相应的，你退回二线城市却能和父母相守。大鸟和佳佳都只是选择了他们想要过的生活，没有好与坏、对与错之分，无论是感情还是工作。

也许依旧会有人遗憾大鸟当初的放弃，可是大鸟却不这么认为，在北京的五年让他明白了一个道理：成为自己的自己最重要，而不是成为他人眼中的自己。

人的成长总需要一个过程，刚开始的时候，总是以为自己无所不能，碰壁多了，就会看清世界，看清自己，知道有些东西属于别人，有些东西是自己的，有什么比这更重要呢？

生命只赋予每个人一次，很多时候，生命是你的，又不全是你的，人是为自己活着的，也不全是为自己活着的。所以，做任何选择，比如是逃离或坚守于北上广，你都要问问你自己的内心。如果你不觉得这是个问题，那就成功了大半，然后再问问你至亲的人，听听他们的一些想法，如果他们对你的选择没有太多的意见，那就走自己的路，让别人去看。如若不然，你就该好好想想了。

真好，大鸟和佳佳他们都是在推翻一切后选择重新开始的人。虽然他们刚开始的时候也并不是一帆风顺，可是不管怎样，命运没有对他们太苛刻，反而因为他们的努力和信仰，让他们想要的生活如期而至。

其实你拥有一切，什么都不缺

其 实 你 拥 有 一 切 ， 什 么 都 不 缺

关于感情

About feelings

不是所有分手都因为你一无所有

/ 1 /

老徐在27岁才开始正儿八经地恋爱，没办法，白衣天使把爱都给了别人，唯独自己没时间去恋爱。

在约会第五次的那天晚上，他小心翼翼地牵起老徐的手："卉卉，我觉得咱们可以谈一场以结婚为目的的恋爱，你觉得呢？"不知道是不是那夜星光太过灿烂，还是老徐久未恋爱忘记了规则，反正那一刻，老徐看他怎么都顺眼，内心居然也少女心似的澎湃了一下。

两个人都已经年岁不小，早过了年轻人那种从热恋到腻歪的年龄。这样不温不火地谈了半年，两人便算正式把关系确定下来。确定下关系后，便是见家长，可是第一次从他家里吃完饭出来的时候，老徐就打电话喊我出来聊天。

我以为这小妮子终于要跟我分享甜蜜，无下限地秀恩爱了，可是她却一脸落寞："慕慕，我有一种不好的预感，我跟他估计走不到一起去。"

"怎么了？"我有些惊讶。老徐是一个大大咧咧的姑娘，并没有现在很多女孩子身上的毛病，因为职业的关系，她特别体贴，对男朋友的关怀总是无微不至。按理说，这样的女孩子，是应该最受婆婆喜欢的。

"他妈妈，有严重的恋子情结。在临床上，我们把这样的人称为严重心理疾病患者，正常人无法理解他们的世界，甚至无法进入他们的世界。"

"我的天，我以为是什么大不了的事，哪个当妈的都觉得自己的儿子格外优秀。你看冯先生，一身毛病，但是我婆婆也觉得她儿子特别好。这是正常心理，你不要大惊小怪好不好。"

"慕慕，你第一次去冯先生家，你婆婆把你当仇人看吗？"

我想了想，摇摇头。

"那就是了，你不知道他妈妈看我的眼神，简直就是看仇人。按理说我第一次去他家，她最起码应该对我笑笑吧！可是她从头到尾都是耷拉着脸。吃饭的时候，因为我不喜欢吃香菜，他帮我夹了一筷子没有香菜的鱼肉，被他妈妈啪地把鱼肉打掉了，说：'她自己又不是没筷子，用得着你夹啊！'慕慕，你说，她这不是恋子情结严重是什么？因为我的存在，分离了她儿子对她的爱，她心理不平衡。我第一次去他家，就这样，那么以后还能好好相处吗？"

"或者等你们结婚后，自己买房子出来住啊！"

老徐没有说话，无奈地笑笑。

他是家中独生子，父亲十年前因为车祸去世，这么多年来，娘儿俩相依为命已经变成了一种习惯，而老徐的出现如同竞争对手，分走了儿子对她的一半关注，她当然视老徐为敌人。

再后来，老徐又去他家吃了一次饭，正是这次吃饭，彻底让老徐放弃了跟他在一起。去他家吃饭那天，老徐特意问了他妈妈爱吃什么，跑到超市买了许多他妈妈爱吃的东西。可是当他们俩敲开门进去的时候，他妈妈居然只让儿子进去，然后啪的一声关上了门。站在门外的老徐一下子就觉得自己委屈得不得了，幸好他立马打开门拉她进去，还解释他妈妈年龄大了，眼神不好。

其实他妈妈根本就是故意的，老徐那么大一个人站在楼道里，她怎么会看不到。更让人心寒的是，老徐以为他会为自己说句话，却没有想到等来的却是这样的解释。

　　吃饭的时候，老徐要帮他妈妈在厨房忙活，可是他妈妈却当老徐是透明人，把她自己傻晾在厨房，不跟她说一句话。饭桌上，老徐已经没有了吃饭的心情，可是看着他笑呵呵的脸，只得拿起筷子意思两下。可谁知老太太却指桑骂槐地说："现在的女孩子一个个都在减肥，长得好的减肥那是美女，长得不好的减也白减，丑就是丑！"老徐终于忍不住了，放下筷子问老太太："阿姨，我到底什么地方对不住您，您这样看我不顺眼！"

　　也许是老徐的口气有些重，老太太居然一愣，随即开始坐在地上撒泼，边哭边号："孩子他爸你死得早，留下小畜生跟我过，现在小畜生长大了，开始带着外人欺负我这个老婆子了！我做给她吃做给她喝，她没家教、没礼貌地欺负我啊！"

　　老徐一怒之下便离开了他家，出来后给我打电话，又是气炸天的节奏。听完她的描述，我忍不住乐了，这老太太简直是极品中的战斗机啊！

　　"他怎么着，给你打电话了吗？"我好奇他的处事方式。

　　"打了。别提了，人家是个孝顺孩子，知道他老娘这个模样，还一直帮着老娘说话，嫌弃我没礼貌不打招呼就走。跟我说他妈其实人特别好，以后相处时间长了，慢慢磨合磨合就好了。"

"什么叫以后相处时间长了？"我有些好奇。

"就是说，结婚以后我们不会买房子，会一直陪着他那孤苦可怜的妈一起生活！慕慕，你知道吗，我现在一想到她坐在地上号啕大哭的场景，我就浑身起鸡皮疙瘩！我简直不敢想象，我要是跟他结婚，未来会是什么样的！"

老徐其实是个特别善良的姑娘，在刚认识男友的时候就知道他没有房子没有车子，可是老徐觉得，这些东西只要两个人一起奋斗，早晚都会有的。坦白一点说，她并不是一个世俗观念特别强的姑娘。可是这一次，她决定要放弃了，因为她觉得，自己真的受不了未来有个这样的婆婆整天和自己对着干。她同样也受不了，自己的老公是一个愚孝的人。

再后来，他们就分手了。男人去医院找过老徐几次，都被老徐客客气气地请了出去。有一次我去医院办事，正好看见老徐送那男人出来，男人低着头，似乎在考虑着什么事情。老徐看见我便和我打招呼，男人站在一旁看我们俩寒暄，突然冒出一句话："卉卉，你和我分手是不是因为我没车没房？"

老徐突然笑了起来，指着男人说："要说以前没成的那几个，还真是因为没车没房，可惜跟你分手，还真不是。"说完，便挽着我的手离开，留给他一个耐人寻味的背影。

走着走着，老徐跟我说："慕慕，你知道他这次来跟我说什么吗？他说他一定会权衡好我和他妈的关系，争取让两边都满意。可惜，我不是怕他妈不满意，我是怕我自己不满意。慕慕，在医院上班我真的很累，家对我而言应该是一个可以放松、休息的地方，我不想一回到家，就又要像穿上铠甲上战场的女战士一样跟他妈妈见招拆招，我要那样的婚姻有什么用？我已经不小了，早就过了可以为了谁不顾一切的年纪。我爱他，但是我更爱我自己啊！"

这大抵才是两人分手的真正原因吧！没有一个女人不希望自己遇到一份完美的感情，也没有一个女人在恋爱初期是想着和你分手的。分开的原因有很多，并不是你的一无所有才让她远走。

女人在年轻的时候，也许会为了心爱的人做很多傻事，会委曲求全，会做你身边的小女人，会在深夜里为你煲汤，会为了去有你的城市而放弃父母。可是岁月多么残忍，让那些曾经在爱情里既温柔又潇洒的小姑娘，纷纷穿上了刀枪不入的铠甲。她们开始向往真正的婚姻生活，向往生活中的柴米油盐酱醋茶，向往那些属于两个人的小日子。

在此，我想奉劝各位男士，不要在她们最美的时光里消耗她们的温柔，因为她们早晚会长大，会在耗尽全身力气很爱很爱一个人之后，开始懂得，爱自己比爱任何人都重要。

/ 2 /

张小花结婚那天，我去参加她的婚礼，新郎是一个笑起来很阳光的男子，却不是楚生一。

他们俩都是我的大学同学，张小花一直是我羡慕嫉妒没有恨的朋友。她活出了大部分女孩子都想活出的样子，高智商，好身材，会唱歌跳舞，上得了星级酒店，也能陪你在地摊撸串。她唯一的缺点就是，太硬！

我说硬大家不要误会，是她的性格太硬，硬得让人难以深交。就是这样一个女孩子，从头到尾，只谈过两次恋爱，一次教会她成长，一次陪她走进婚姻。

楚生一是我们班最优秀的男生，在还没有男神这个称呼的年代里，他是我们女生宿舍最常提起的人，我们一直都在猜测，谁能和他在一起。可是我们万万没想到，他居然和张小花在一起了。

作为伪文艺青年，我首先想到的是这俩人的名字，

其实你拥有一切，什么都不缺

一个阳春白雪，一个下里巴人。简直不能让人直视啊！可是再细想，这俩人似乎在一起并没有什么好吃惊的，王子和公主嘛！

楚生一用现在的流行词来讲，就是暖男。小花爱吃炒面，楚生一便会一早去食堂跟卖炒面的师傅说："要一份不要香菜多放红肠的炒面。"然后中午第一个来取。小花参加演出嗓子不舒服，楚生一就会从网上买很多枇杷，一个个去皮去籽，放到饭盒里带给小花。

当然，小花也并不是无所付出。有一次校风大检查，晚上十点校纠风队去操场逮人，看到一男一女靠一起的就开始询问。巧合的是，那天小花压根就没在校内，而纠风队却在操场看台上逮住了楚生一和英语系的一个女生相拥在一起，女生趁着天黑仓皇逃走，只留下楚生一面对纠风队众人。本来大学里谈恋爱这事很正常，可是这俩人偏偏撞在枪口上。学生办老师让楚生一写检查，并且让女生也一起写，可是楚生一就是不肯说出那个女生到底是谁。他这个态度让学生办老师很恼火，扬言要给他处分。

事情的最后，是小花写了一份检查交到学生办，又痛心疾首地给老师下保证说好话，这件事才算过去了。

小花非常聪明，她没有问那个女生是谁，楚生一不说，她也不问。俩人就这样揣着明白装糊涂，依旧好得蜜里调油。但是心结永远是心结，总有要说出口的那一天。

当再一次撞到楚生一在蛋糕店喂一个漂亮女生吃蛋糕时，小花一下子就想到了那天晚上的事，用她自己的话说，她真心受不了这对狗男女在自己面前秀恩爱。于是强悍的小花冲进了蛋糕店，把整盒蛋糕扣在了楚生一脸上。

离开的时候楚生一站起来追她，似乎想要解释什么，女孩也跟在后面喊小花的名字。可惜小花内心的小宇宙正处于爆发的边缘，她才懒得回头。

俩人就这样开始冷战，直到后来在食堂遇到那个女生，她才知道，原来这个女生叫楚一生，居然是楚生一的亲姐姐。小花顿时觉得自己像个大傻子，跟人家恋爱这么久，还不知道他们是龙凤胎。但是她的脾气太硬了，又扯不下脸来跟楚生一道歉，只好这么僵着，等楚生一来找自己说话。

俩人和好是因为楚生一上体育课的时候突然崴了脚，当然，你也可以认为是他故意的。小花心疼得眼泪都出来了，不由分说地扶着楚生一去了医务室。就这样，从医务室回来的小花，又恢复了整天乐呵呵的表情。

小花和楚生一，从大一腻歪到大四。毕业后俩人在潍坊租了一间小房子，小花去了一家网络公司做美工，楚生一则去了银行实习。俩人终于开始像小夫妻一样一起做饭，一起回家，一起生活。

可是后来，两人的工资发生了巨大变化，小花的工资越来越高，最后居然高出楚生一一半。也就是从那个时候开始，楚生一经常跟小花发生冲突。楚生一并不是一个妻奴，他甚至还有一点大男子主义，在经济地位决定家庭地位的今天，他觉得自己在这个家里有点抬不起头来。

俩人开始常常吵架，因为小花给楚生一买了一身名牌衣服，因为小花交了这个月的水电费，因为小花给他妈妈买了一个玉手镯……这样鸡毛蒜皮的小事，让他倍感压力。

最厉害的一次吵架是在快过年的时候，小花给两边老人买了羽绒服，准备让楚生一过年回家的时候带给父母。没有想到，这触动了楚生一敏感的神经，两个人又是一次大吵。小花一怒之下在雪夜里夺门而出，一夜没有音讯。

楚生一接到朋友电话的时候，小花已经在医院里打上了点滴。因为那时她正值月经期，寒冷和生气让她大出血。小花脸色苍白地躺在病床上，那场景让楚生一差点落下泪来。他扑上去抱住小花，把头埋在她的颈窝里悄无声息地流泪。

后来小花告诉我，那天楚生一是真的害怕了。等她身体好了，楚生一瞒着她去文身，文的位置在胸口，上面是一朵娇艳的小花，环绕着它的是两个漂亮的字，"长生"。

长生，长生，长生不老。

出院后的小花依旧去单位上班，而楚生一则被银行辞退，理由是请假太多。小花有点内疚，她觉得是自己连累了楚生一，于是便加倍对楚生一好。让小花没有想到的是，失去工作的楚生一神经越发敏感起来，一方面他害怕失去小花，另一方面他又不喜欢让小花养着自己，因为在他看来，这简直就是吃软饭。

最后一次争吵是因为一顿麻辣烫。自从楚生一失去工作后，他们两个已经很少挽着手去夜市逛了。那天，楚生一被小花缠得无可奈何，便陪她去夜市溜达。其实那天小花已经帮他找好了一份网站维护的工作，正打算作为惊喜送给他。

可就在小花提议去吃麻辣烫的时候，楚生一觉得很难堪，因为现在连吃个小摊都要女朋友掏钱。大庭广众之下，楚生一倔强地站在马路边，就是不肯随她去。小花抬头看着眼前这个自己爱了很多年的人，突然觉得有点陌生。

"花花，花你的钱，让我很难堪。"楚生一低声说道。

小花忍不住笑了起来，笑着笑着就开始放声大哭："楚生一，我们分手吧！"

如果是以往，楚生一一定会扑过来抱住她，可是这一次，他没有，只是呆呆地看着小花，木然地回答："好！"

小花的心一点一点冷了下去，她感觉自己的五脏六腑都似乎被浸在了冰桶里，让她浑身发冷。

两人就这样分手了。小花说，那天晚上她哪里也没去，就在我们学校门口号啕大哭，哭她已经逝去的爱情，哭她已经无法回头的曾经，伤心欲绝，悲痛万分。

后来我问她，分手后有没有再联系。小花摇摇头说："我这样倔强的性格，怎么可能再联系。只是可惜了，那么多年，那么多爱。"

聊天的空隙，小花的老公走过来帮我们添水，然后体贴地把小花放在肚子上的暖水袋重新装上热水，低头吻了吻她的长发。

我忍不住笑她："也开始秀起恩爱来了。"

她冲我微笑道："人总是会变的，太倔强并不是一件好事，但是起码也不是一件太糟糕的事。他从来都让着我，顺着我，我们了解彼此的弱点和缺点，却也很少发生冲突。"

真好，她终于遇到了最适合自己的人，在她最好的时候。

有时候，我们喜欢一个人，愿意为那个人付出一切，无论是物质或者金钱。可是又有些时候，我们的倔强会让我们失去那个人。年少的时候，我们分开也许并不是因为不爱，而是因为，你和我一样，都太过倔强。

/ 3 /

同事小郭失恋了，跑到我跟前唉声叹气。我听完他的苦水，拍拍他的肩膀告诉他，如果他不改变，下一次依旧会失恋。

其实小郭是个特别好的男孩子，会过日子，写得一手好材料，在单位里有很好的口碑。但是，他也有一点点小毛病。

我举两个例子吧，我有不爱早起的习惯，所以早饭基本都在单位楼下的快餐店解决。小郭知道后，立马拍着胸脯说："姐，以后你吃啥，我给你捎上来！"刚开始的时候我不好意思，后来发现他不仅给我一个人捎饭，还给其他部门的同事带，于是我也就拜托他帮忙。第一次带饭，我给了小郭10块钱，因为我只喝粥吃鸡蛋，所以也就需要5块钱。让我郁闷的是，小郭把饭带回来后，居然没有找给我零钱，我以为他忘了，也就没往心里去。然而，第二天依旧10块，第三天依旧10块。

我有点纳闷，这送外卖也没这么贵啊，我这一天早饭不仅没省钱，还涨价了呢！于是我悄悄地问同样让小郭带饭的张姐是怎么回事。张姐凑过来跟我说，她刚开始也是不好意思要零钱，后来连续几天，她发现小郭丝毫没有主动找零钱的觉悟，干脆就开始给正好的钱。

我心里有点不舒服，也不想再继续这样麻烦小郭，干脆谢绝了小郭下楼带饭的好意。因为我实在不好意思突然给他5块钱，毕竟我已经给了一星期10块钱。事后，我把这事告诉冯先生，冯先生笑我，一个星期吃了两个星期的饭钱，脸皮薄就自认倒霉，别叨叨。

虽然事小，却也让我对小郭有了点小看法。再后来，是单位聚餐。在我们单位，年轻人很少，除了公务员招考我们单位基本不进人，所以我们几个年轻人就隔三岔五地聚一聚餐，这次你买单，下次我买单。有一次聚餐，结账的时候我猛然听到小郭说："上回是我结的账，这回该谁了？"话一出口，我便看见正准备去结账的同事脸色有点不好看，回头丢下一句："不用你提醒，不白吃你。"

当时的气氛，大家可想而知，后来的聚会，就很少有人喊小郭了。

也许有人会说，我讲的这两件事其实都是小事。但是往往正是因为这些小事，最容易让别人对你一点一点失去好感。

说起来，小郭还有一股莫名其妙的仇富心理，每当看到大街上有年纪相仿的人开着豪车从身边经过，他便会忍不住开口："这肯定是拼爹一族，要么就是富二代。"看到身边其他女同学在某个单位被提拔，谈论起来他总是嗤之以鼻："这年头，肯定是某些潜规则啊！"他一边妄议别人，一边为自己的平凡普通找借口："我要是有个有钱有权的爹妈，我也能出人头地。可惜的是，我这样平凡的人，注定要在这样的岗位上过平凡的一生。"

每当此时，周围的同事都会对他投来怪异的目光，可他却认为自己才是出淤泥而不染的那个。其实我特别想告诉他，小伙子，拼爹也是有风险的，富二代也是要努力的。不过我想了想，还是不说为好，因为他应该不会懂。

小郭平时生活非常节俭，但并不是因为他家境不好，而是他的性格有问题。他的前女友是他的同学，现在做小学老师，这女孩子一看就非常有涵养，谈吐举止也很大方，起码我很喜欢。

因为我平时总是一副老好人的模样，小郭喜欢跑来跟我聊天，秀恩爱，通过跟他聊天，我也算知道了这一年两人相处的情况。说实话，姑娘很不错，起码能跟他处一年，换作我，一个月也受不了。

首先是小郭过分节约的习惯。按理说，节约是一件好事，但是过分节约就变成了偏执。小郭有一次得意扬扬地跟我说，他成功改变了女朋友爱去电影院看电影的坏习惯。用他的话说，在电影院看一次电影两个人至少要花100块钱，而买个电影网站会员，两人在家花5块钱就能看一部电影，干吗要多花那么多钱！听了他的高谈阔论，我的脑海里有一千只神兽飞过。他要是知道我每月都会带六姑娘去电影院看电影，一定会觉得我是该千刀万剐的败家女人。

小郭不仅自己节约，还带动女朋友跟他一起节约。能不买的衣服就不买，手机上的购物软件也被他强制卸载，美其名曰：女孩子只要穿得干净就可以，不用整天花枝招展。我看着小郭的身上还是刚来单位时候发的制服，突然觉得格外刺眼。

有人说，女孩子就应该在最美好的年纪穿最美丽的衣服。我们不要求名牌，也不要求奢侈，但对于自己的经济能力能负担的东西，为什么也要因为节约而被剥夺？也许有人会问，是不是小郭有房贷或者车贷？坦白说，小郭没有房贷和车贷，他的家庭条件甚至算中上等水平，完全没有必要对自己如此苛刻，对女朋友就更是了。

两人的分手源自十一假期，女孩提议要出门旅行一次，好歹有个假期，俩人也应该浪漫一次。可是这个合理的要求却被小郭义正词严地拒绝了，理由是女孩子就应该安分守己地过日子，不要老想出门，省下来的钱可以留着结婚用。

女孩一气之下提出分手，小郭这才慌了神。可惜的是，从始至终他就自以为没做错，而是现在的女孩太物质。

一个冬日的下午，他坐在我对面絮絮叨叨，我只能无奈地对他笑笑。

真正美好的爱情，是在这场爱情里，你和我都变成了最好的人。费尔巴哈曾说："爱就是成就一个人。"可是我想，好的爱情才可以成就一个人，坏的爱情，只会让人落荒而逃。不要总是去怪别人，在感情对等的双方里面，你又做了什么？是你努力把自己变成更好的自己，还是你努力用自己的方式把对方变得和你一样不堪？

我想，能走进婚姻里的两个人，恐怕都是愿意为对方变成最好的自己的那两个人。

最近冯先生迷上了网络游戏，我在看书的时候他就在书房玩电脑，我经常莫名其妙地想：是不是人生也算一场盛大的游戏，你的伴侣就是你最重要的伙伴和队友？是要当猪一样的队友，还是要当神一样的救世主，恐怕就要看你选择了什么样的同伴吧！如果你不幸在选择后才发现，你遇到了一个神一样的大坑，那么也不要害怕，至少，他还给了你做救世主的机会！

　　游戏太复杂，选择需谨慎！

不是所有朋友都需要你光芒万丈

/ 1 /

在六月的故事书里，有这样一个故事：

一只羊独自在山坡上玩，突然从树木中蹿出一只狼来要吃羊，羊跳起来，拼命用角抵抗，并大声向朋友们求救。

牛在树丛中向这个地方望了一眼，发现是狼，跑了。

马低头一看，发现是狼，一溜烟跑了。

驴停下脚步，发现是狼，悄悄溜下山坡。

猪经过这里，发现是狼，冲下山坡。

兔子一听，更是箭一般离去。

狗听见羊的呼唤，急忙奔上坡来，从草丛中闪出，一下咬住狼的脖子，狼疼得直叫唤，趁狗换气时，仓皇逃走了。

回到家，朋友们都来了。

牛说："你怎么不告诉我？我的角可以刮破狼的肠子。"

马说："你怎么不告诉我？我的蹄子能踢碎狼的脑袋。"

驴说："你怎么不告诉我？我叫一声能吓破狼的胆。"

猪说："你怎么不告诉我？我用嘴一拱就能让狼摔下山去。"

兔子说："你怎么不告诉我？我跑得快，可以传信啊！"

然而，在这群熙熙嚷嚷的动物中，唯独没有狗。

我想，我们身边大概都会有这样一群朋友吧！而我们最容易忽略的，却是那个忠实的朋友。

在我眼里，朋友分为三种，一种是泛泛之交，一种是歌舞升平，一种是生死之交。泛泛之交活在朋友圈，熟人的饭局，路上偶遇，甚至擦肩而过；歌舞升平活在我日常的生活中，吃饭逛街吐槽，嬉笑怒骂游戏人生；而生死之交却是那种你走我不会送，你来我千里相迎，在她面前你可以哭笑怒骂，甚至像神经病一样，她们都不会觉得奇怪的人，也就是，在她面前可以做自己的人。

在这其中，泛泛之交最多，她们活在我手机的朋友圈里，活在我的通讯录里。我知道她们每天做了什么，每天吃了什么，每天发生了什么事，知道她们的孩子在哪里上学，知道她们最近心情怎样，知道她们要去哪里旅行，知道她们多么奢侈。这样说，我们应该是最熟悉的朋友，可是我们从未私聊，从未有过电话往来，只有当逢年过节、求赞以及投票的时候才会想起。这一类朋友，有的是我同学聚会时候加上的同学，有的是我跟熟人吃饭间接认识的朋友，有的是冯先生朋友的老婆。说我们熟悉吧，起码我们彼此都知道对方姓啥名啥，家住何方，在哪里工作，有什么八卦。说我们不熟悉吧，也确实不熟悉，因为我们彼此认识时间不长，深交是肯定没有的。不过在这种泛泛之交的人群里，最容易出现那种让人觉得不舒服的奇葩，你开心的时候她们会酸溜溜地说几句不冷不热的话，你发一张老公孩子的照片她们就说你秀恩爱，你发一条负能量满满的状态，她们就开始八卦了，一个个前仆后继地来问候。有时候面对这样的朋友，我还真想发条状态：我吃你家大米了？喝你家自来水了？还是打你家孩子了？管得着吗？

歌舞升平类的朋友在我的生命里陪伴我最多，她们不一定非要给我提供什么物质上的帮助，只是真实地存在于我的周围。在生活中，不管我遇到什么样的事情，总是忍不住先想到去麻烦她们。她们会大半夜不睡觉陪着我打牌，会在周末携家带口来我家蹭饭，会在我资金周转不开的时候给我支付宝转账，会在我和冯先生吵架的时候跳出来跟他辩论，会在逢年过节的时候甩给六月一身新衣服。同样，她们更会在自己遇到困难的时候，不管三七二十一，一阵电话粥猛轰，或者约起三五好友去KTV大吼一阵，也会在你睡得正香的时候敲开你家大门抱着你大哭，痛骂渣男。谁要是升职或者遇到好事，我们便会起哄去吃大头，胡吃海喝完也会真心地说一句恭喜。要是遇到不开心的事，也尽可放声大哭，不会怕什么丑态毕露，因为你在她们眼里压根就没美过。你哭，她们便陪着你哭，你当怨妇，她们便集体当祥林嫂，一边陪你难过一边痛骂那些欺负你的人。这样的朋友，大多都是认识了十几年的老友，不做作不矫情，互相了解也互相理解。

　　最后一种是生死之交，有的人会有几个，而有的人只会有一个。这样的朋友，我们称为知己。知己不用多，两三人足矣。她们有的在远方，有的在身边。她们不会像泛泛之交那样在朋友圈里窥探你的生活，也不会像歌舞升平的朋友一样永远陪伴你。她们有自己的生活，但是只要你需要，她就会倾尽全力。这种朋友和你相互依赖，三观相近，有些话有些事，不必言明你便会懂。如能遇到一位可以真正心灵交流的人，可谓三生有幸，因为这需要你们有相近的价值观，相似的经历，或者是被时光打磨后沉淀下来能够跨越差异的共感。

越来越多的心灵鸡汤总是告诉我们，要扩大自己的朋友圈，要寻找更广的人脉资源。可是静下心来认真想一想，我们真的需要那么多泛泛之交吗？那些毫无证据的猜测，那些互相攀比的八卦，以及那些负能量，意义何在？

酒桌上的狐朋狗友，同学圈里的相互比较，同事之间的钩心斗角，这些都是真正的朋友吗？你看着手机里的那么多联系人，能毫无顾忌地一起喝酒吹牛的，能有几人？朋友是要交心的，是我不嫌弃你比我穷，是我不在乎你比我有钱，既不是我要利用你，更不是你大权在握。真正的朋友是要走心的，是要彼此丑陋又互相不嫌弃的。

我们都是普通人而已，朋友未必个个光鲜，可不管怎样，像狗一样忠诚和实在的朋友，就挺好！

/ 2 /

老刘是东北人，大我五岁。更多的时候我喊他大叔，因为他有时候说话老气横秋。

我和老刘在2004年认识，那个时候只有博客，没有微博也没有微信。他在博客上老气横秋地写自己失恋，写自己要做一件伟大的事。

我被他那个伟大的事吸引，开始天天给他的博客下面留言，然后加好友互访。他在博客里写东北一年只有两季，夏天和冬天；他写东北特产的水果叫冻梨，是其他地方无法品尝的美味；他写他生活中的点点滴滴，像个老太太一样碎嘴又充满生活乐趣。

我在博客里写自己的生活，写学校里乱七八糟的事，写那些有的没的。他乐呵呵地在我每一篇文章下面写很长的留言，完了还会给我留一个仰天大笑的表情。

没错，我们通过博客认识。

熟了以后我们开始在QQ上聊天，我跟他讲我暗恋的隔壁班的男生，他跟我讲当年他没有追上的那些女孩。

人生的际遇就是这样奇怪，有些人就是能合拍，有些人却无论如何也融不到一个世界。合拍的那个人你始终会发现，你在他面前可以卸下任何防备，你说的任何笑话他都能在梗的时候发笑。和这样的人交往，你只需要做你自己，就这么简单。

那几年跑跑卡丁车刚刚开始流行，我给自己取了一个很矫情的名字，叫抚琴迎风，他叫残叶寻踪。说起来不脸红，我们俩都是手速达人，往往一个队的时候能把其他人落很远，于是总能在终点看见一红一绿两个小人在聊天。

"大叔，你怎么还不结婚？"

"因为大叔天天扛大米！"

"大叔，你怎么还不谈恋爱？"

"因为大叔天天扛大米！"

终于有一天，队友无情地把我们俩踢出了房间，临走前，队友说："你们一个叫为什么，一个叫扛大米，两个神经病！"

我们俩在网络两端哈哈大笑。

高考那年，老刘让我安心学习，他辞职要去广州扛大米，顺便等爱情敲门。我用一年时间开始沉淀自己，日子开始越发忙碌起来，因此很少上网了。高考结束后，上网的时候，我又看到了老刘那个熊猫头像在我的对话框里跳呀跳。

他说："丫头，很抱歉这段时间我没有办法上网

其实你拥有一切，什么都不缺

了。首先恭喜你高考顺利，其次告诉你我现在准备出发去西藏，最后，祝你安好！"

很长一段时间，我们都通过这样留言的方式交流。再后来，我们开始写邮件，老刘开始学摄影，他把西藏的风景都拍成照片，一张一张发给我。我用手机拍我的大学宿舍，拍我的舍友，拍我的生活。我们在邮件里，把各自的生活和变化，把不敢展现给别人的脆弱和矫情一览无余地展现给彼此。

我们天各一方，在不同的地方，过着各自的生活，同时，又为各自的梦想和未来鼓励打气，为心中那片净土执着地努力。

很少有人能懂，我在手机里拍的那些乱七八糟的照片意味着什么。遇到可爱的猫咪，我会想起西藏的猫会不会也这么可爱，拍一张；遇见暖心的瞬间，我会拍一张；发现好玩的东西，拍一张，然后把这些东西整理到电脑上，一张张地标注上照片里的故事。我们给这样的照片取了个名字：手机记录生活。

有一种朋友，你未曾谋面却已经从心里把他认定为最特殊的那个。我和老刘就是这样的朋友，未曾谋面，却已相熟多年。大学毕业后我去了济南，而老刘依旧在西藏混着，据说还学会了藏文。我邀请他来济南看看，他欣然答应了。

在大部分人的潜意识里，网络上交往的朋友一旦见面，就会变成见光死。而我们却通过照片和邮件，已经对彼此有了更深的认识。就这样，在大明湖畔，我和变成煤球的老刘终于见面了。

"天王盖地虎！"

"宝塔镇河妖！"

"同志，咱们终于见面了！"

"同志，组织等你很久了！"

没有尴尬和寒暄，没有不好意思和扭扭捏捏，我们像一对老朋友，调侃着对方。朋友之间相处的方式千奇百怪，我和老刘，这样不靠谱似乎才是正确的打开方式。

生活中总是有太多的人，会随着时光的改变而变成另一个人。可老刘却依旧没有变，在我任职的公司下面有一家粮店，他决定去应聘，继续扛大米。

那个时候跑跑卡丁车已经不流行了，博客也很少写了，微博开始铺天盖地。老刘恋爱了，对方是粮店隔壁卖手机的小姑娘。我一直嘲笑他老牛吃嫩草，他却深沉地摇摇头："丫头，你不懂，爱情这玩意，有时候在劫难逃。"

我确实不懂，因为我那个时候根本没有心情去考虑爱情，我正在去北京和留济南之间犹豫和徘徊。

老刘知道我内心纠结，开始每天下班后跟我坐在台阶上吃雪糕，看鸽子。他说："丫头，人总要在年轻的时候去做一些事，才会知道什么是自己想要的！"

我笑他突然变得哲学起来，他摇摇头："你不经历，便永远不知道什么才是最好的。听哥的，去北京试试，不行就回来呗！又不赔本，你怕啥啊！"

后来的故事就特别简单了，老刘失恋回东北，我去了北京。老刘走的那天我去机场送他，他拍拍我的脑袋："丫头，一颗红心向北京，照顾好自己。"

"大叔，你快点把自己嫁出去吧！"

老刘突然沉默了，望着窗外起起落落的飞机，认真地跟我说："丫头，很久以前，我是一个程序员，每天写代码找问题。我常在网上调侃自己是扛大米的，现在我可以说扛大米是我的业余爱好。从前我的世界里一直都是别人看不懂的代码和程序，你也知道，做我们这行做多了，人就容易迟钝。我不想等我老去的时候，却突然发现我居然没有一件让自己骄傲的事可以拿出来吹牛。这几年我一直在外面漂着，就是想知道，外面的世界到底有多精彩。"

一个程序员，为了吹牛，扛了很多年的大米。我突然觉得这完全可以写一本励志的畅销小说。

"人生有太多的不可复制性，我走不了别人的路，也遇不到合适的人，我觉得我该回去了。"老刘的话让我莫名其妙地觉得伤感。

在北京的那段日子，因为工作的不确定性，加上我的QQ被盗。我和老刘失去了联系，他的QQ头像一直灰着，博客里也长满了草。直到2014年，我们再通过网络联系上的时候，已经一别四年了。这时，我们正在隔着千山万水的地方努力经营着自己的生活，朝梦想一点一点靠近。

再与老刘见面，却是在北京。

我的心突然有些惶惶，因为长久的空白，我已经不知道老刘会不会随着时光也变成另一个人，面目全非得让我无话可说。

我怕他已经改变，变得已经不再是我记忆里的那个阳光青年；我怕他会变得颓废，忘记了那些不靠谱的语音；我怕他依旧待字闺中，没有遇见生命中的另一半；我怕他根本就不想和我见面；我怕他与我记忆里的老刘无法重合；我怕，我还是我，而他已经不是他。

冯先生笑我太敏感，我却知道老刘是我独一无二的朋友，我害怕失去。

那天，我们约在了故宫门前碰面。广场上人来人往，形形色色的人与我擦肩而过，我却远远就看见他胖乎乎的身影和百年不变的大背包。

"嘿，丫头，几年不见小日子过得不错，发福了啊！"

"大叔，你结婚了没有？"

"我儿子今年两岁了！我看你家六月不错，要不结个亲家吧！"

"不要！你儿子肯定随你，太丑！"

没错，老刘还是老刘，我还是我。真好，我们都没有变。

在回聊城的火车上，我给老刘发了一条长长的微信，总结了我们从2004年到2014年的十年经历，完了，小小地矫情了一下。结果，他回我："做亲家我就原谅你这么啰唆。"

我没有回他信息，将头靠在冯先生的肩膀上看着窗外的风景发呆。有些朋友，并不需要陪伴在身边，有些朋友，注定会分开。人的一生总会遇到很多人，但不是每个人都会把你当成他生命中最重要的朋友。

有一个这样的朋友，让我非常开心。相见亦无事，别后常忆君。

/ 3 /

老曹来找我的时候，我正窝在家里看《甄嬛传》，她把大门敲得叮当响，然后风一样地扑倒在我们家的沙发上。

我给她下了一碗鸡蛋西红柿面，她稀里哗啦地吃完，便把碗一丢，坐在沙发上，说："我要征用你的地盘一星期，伺候姑娘我舒服了，有赏！"

面对如此霸王条款，除了接受我别无选择。

第一天，我们睡觉，看电视，看孩子。

第二天，我们看《甄嬛》，玩麻将，看孩子。

第三天，我们看电影，打牌，洗衣服大扫除。

第四天，老曹早上突然呕吐不止，我一边给她递水一边问她："你请假没？"

第五天，我们继续看孩子。当六月扑倒我身上亲昵地喊妈妈时，老曹突然掩面大哭起来，一边哭一边自言自语："凭什么，凭什么，凭什么！"

六月拿了纸巾递给她，她把六月抱在怀里，继续抽泣。

第六天，她把自己收拾干净，要我陪她去医院。

第七天，打掉孩子的老曹躺在我们家床上默默流泪，我像老妈子一样给她炖鸡汤煮鸡蛋冲红糖水。

老曹离婚了，在她来我家的前一天。

那个曾经和她相恋八年的男人，在结婚后一年出轨，小三怀孕找上门来，她才知道原来所有的恩爱都是谎言。更可悲的是，在准备离婚的时候，她发现自己怀孕了。

她不想做单亲妈妈，也不想让孩子生下来就没有一个完整的家庭。可是，她爱这个孩子，她舍不得。

人人都是选择困难症患者，有些选择你必须做，没有任何人能帮你。虽然在此之前，我们从未提起离婚和孩子这个话题，不过我想，她应该懂了。

老曹离开我家的那天，站在家门口跟我说："慕慕，谢谢你。比起锦上添花，我更喜欢雪中送炭的友谊。"

我紧紧拥抱了她，希望她重生后，能真正拥抱幸福。

我想，真的朋友，会懂得你沉默背后的意思，懂得你为什么会这样做。她知道你想说的话自然会跟她说，她会骂你，会陪着你哭，会告诉你你有多优秀，却从来都不肯告诉你她有多在乎你。时间很残忍，总是会不停地让我们遇见新的人，只有永远和你站在一条线上的人，才不会被时光筛掉。

人的一生会遇见很多人，但不是所有人都会把你当作他生命里最重要的人。他不需要你光芒万丈，也不需要你腰缠万贯，牛气冲天，他只是希望能和你坐在一起，放下手机，好好聊天说话。

我们必须要清楚地认识到，我们每个人都不会有那么多的好朋友，但是每个人都总归会有几个知心朋友。每个人的心都只有那么大，住在心里的人一般不会走。有些时候，不要随意参与别人的人生，做一个旁观者，是友谊的另一种涵义。

真正的友情从来不需要热闹的假象，我们坐在一起，就算只是聊天晒太阳，也会觉得惬意和开心。

其实你拥有一切，什么都不缺

不是所有婆婆都有一张刻薄的嘴脸

/ 1 /

闺蜜橙子要结婚了，这本该是个高兴的事，可是她却有点闷闷不乐。问及原因，她有些不好意思地跟我说，跟未来的婆婆有关。

橙子的老公是家中独生子，平时虽然不娇生惯养，但在妈妈眼里永远是孩子。自从和橙子谈恋爱后，男孩对橙子千依百顺，两个人的感情一直好得不得了。按理说，这是件好事，可是自从订婚后，橙子开始和老公商议着装修房子，矛盾就出来了。

首先是客厅，橙子喜欢欧式的，白色的家具，大气的风格。可是不知道为什么，设计师头一天还准备欧式的模板，第二天就告诉橙子中国风的也不错，于是就设计了一个中国风的。橙子有些生气，说必须做欧式的。设计师无奈地告诉橙子，是她婆婆不喜欢欧式的，要求换成中国风的。

还有就是婚礼风格，依旧是一个要西式一个要中式。橙子觉得，婆婆管得太多了。

还没听完橙子的抱怨，我就打断她的话："那你有没有跟你老公沟通一下呢？"

橙子不好意思地说："我不想让他为难啊！可是不想让他为难就要我自己不开心，所以我才来找你，看看你有什么好主意没有。"

我想了想告诉她："其实这个事情很简单，房子是你们俩住，婚礼可以小成中西式都有的。但是最重要的一点，是要你老公去说这件事，而不是你直接面对你婆婆。你可以跟你老公沟通一下，告诉他房子是你们以后住，所以风格自然要由女主人决定，他已经要结婚了，有些事要自己做决定。至于婚礼，你们可以在婆婆家办中式的，在自己家办西式的，这样你还能穿两次婚纱。最重要的是，不要觉得婆媳之间的事你们两人直面解决就可以，你老公在里面起的作用非常重要。婆媳关系说起来是俩人的事，其实是三个人！"

橙子听完我的建议，恍然大悟，立马掏手机给老公打电话。不一会儿，欢天喜地的橙子就跑过来跟我说："慕慕，我老公说他去说服他妈妈，我们的房子我做主！"

其实，每个即将步入婚姻和已经步入婚姻的女同胞们，都会遇到这个千古不变的话题——婆媳关系。再看社会媒体主流，无论你什么时候打开电视，总能发现在一两档家庭伦理剧中，正欢天喜地或者水火不容地演绎着婆媳之间的那点事。

在我看来，婆婆、儿子、媳妇三个人最佳的关系是：婆婆对儿子好，儿子对媳妇好，媳妇对婆婆好。稳定的三角形关系，能让每个人都有对自己好的人，性情自然温润。

孙女士是冯先生的妈妈，我的婆婆大人。

我和冯先生结婚五年，五年来我们中午和晚上的饭都是孙女士操办。我生完孩子，孙女士帮我带孩子一直到六姑娘三岁上幼儿园。当然，现在接孩子和做饭的工作依旧是孙女士负责。这五年，我和冯先生磕磕绊绊，但是我和孙女士却好得像娘儿俩。

我身边的很多朋友都羡慕我和婆婆关系融洽，其实，我心里有数，婆媳关系的和睦与否，离不开三个人——我，冯先生，以及孙女士。

我们三个都清楚地知道，我们之间的核心人物是冯先生。从他的角度来想，一个是自己的爱人，一个人是生养自己的妈妈，他如果不能平衡我们的关系，那么婆媳之间势必会有矛盾。幸运的是，我们三个人都在朝最好的方向努力。

我从来都不相信，天下会有无缘无故的仇恨，两个女人都是因为爱着同一个男人而结缘的。有条件的分开住，没条件的住在一起，虽然两个人的生活习惯和原生家庭都不同，但是只要儿子能在中间起到好作用，那么，婆媳关系就一定能非常融洽。

没结婚前，我一直担心婆媳关系不好处。结婚后，我发现我婆婆比亲妈还好处。婆婆的电话在我手机里，叫妈妈。不是我矫情，而是真心得喊这一声妈妈。开玩笑的时候，我喊她老太太，撒娇的时候，我喊她孙女士。从嫁给她儿子那天开始，她便接手了我亲妈的业务，爱我，关心我，照顾我，还宠我。

刚结婚的时候，下了班一回到家，桌子上就已经摆好了碗筷，吃完饭我要帮忙收拾，孙女士就会说该睡觉就睡觉去，几个碗累不着人。孙女士总会跟我说："媳妇跟婆婆待的时间，比跟亲妈待的时间还长，咱们有活抢着干，有吃的让着吃，还能有啥矛盾！"这句话，一直被我奉为真理。

刚知道我怀孕的时候，孙女士非常严肃地跟我说：

"快点把你那高跟鞋脱了，换个平底鞋，我看着你那高跟鞋我就觉得累。"我笑她不会穿高跟鞋，她也不反驳我。等我下班回家，孙女士就坐在地下室门口，给我砸了满满一袋子核桃，笑嘻嘻地跟我说："都说吃核桃对孩子好，我把这一麻袋核桃都砸出来了，你拿着，早上喝豆浆就放一把。我拿着那一袋子干干净净的核桃仁，眼睛有点酸。

怀孕三个月的时候，我被查出有点缺钙。第二天，家门口就多了一个奶箱，孙女士神奇地拿出四种口味的纯牛奶，加钙的，原味的，加锌的，高钙的，让我每样都尝尝，最后订一种。我不爱喝纯奶，孙女士说为了孩子也得喝，于是每天晚上，她都亲眼看着我把袋子里的最后一口喝完，才心满意足地放我走。六姑娘十一个月断奶，我终于也跟着断奶了。近两年的牛奶，都是在孙女士的监督下喝完的，老太太的毅力真是强大。

生六月的时候，孙女士两天两夜没睡觉，一面照顾我，一面帮小丫头翻身，换尿布，喂奶粉。母乳不够吃的头几天，她索性跟我住一起，我们娘儿俩睡床，她在沙发上躺着，六姑娘一闹，她便跳起来换尿布，喂奶粉，比我这个当妈的还关心。六姑娘是跟着奶奶长大的孩子，从她咿咿呀呀到现在，都离不开奶奶的照顾。

跟冯先生吵架生气闹别扭的时候，孙女士都会和我一条战线，非常严厉地批斗冯先生。有时候冯先生气不过，还会吃醋地说："你们才是亲娘儿俩，我是外人！"每当这个时候，我都会过去搂住孙女士的肩膀，趾高气扬。

我挺喜欢我们家这个可爱的老太太，喜欢她过时的观点，喜欢她张嘴就来的大道理，喜欢她直来直去的爽快，喜欢她指着我跟人说："这是我儿媳妇，我没闺女，我就把她当闺女待！俺们娘儿俩感情好着呢！"

我知道也许很多人会说，你这是遇到了好婆婆，才敢这么写吧！如果你遇到一个蛮不讲理又强势的婆婆，你就不这么认为了。

我能告诉你，孙女士在我们家也非常强势吗？孙女士强势的地方有很多，但是作为儿媳妇，首先要摆正自己的身份。你是因为她儿子才认识婆婆的，婆婆养育了儿子很多年，你的出现让她觉得有危机感。所以，有时候不涉及原则问题的强势，我基本上都是保持沉默，因为我必须要对孙女士的家庭地位表示认同。在此，奉劝各位年轻的小姑娘，千万不要事事都觉得婆婆观念落后，事事反驳，否则就是你不对了。必要的时候对婆婆的话表示认同，她也会对你另眼相看的。但是一旦涉及原则问题，我当时不会反驳，而是会跟冯先生商议，让冯先生去跟孙女士沟通。

我觉得，夫妻和睦才是所有家庭关系中最重要的环节。作为一个女人，我认为这个关系的关键在于——儿子对媳妇好。

一个非常健康和幸福的家庭，一定是一个把夫妻关系放在最重要位置的家庭。在我们家，六月小时候会问："妈妈，你最爱的人是谁？"我会毫不犹豫地告诉她："妈妈最爱的人有两个，第一个是爸爸，第二个是小六月。"而冯先生则会在六月惹我生气的时候告诉她："妈妈是咱们家最重要的人，你想一想这样做对吗？想好了就去给妈妈道歉吧！"

现在育儿书上不是也这样写的吗？给孩子最好的爱，就是爸爸爱妈妈。

这个道理，同样适用于婆媳关系。只有做儿子的和媳妇感情好，把媳妇的家庭地位抬高，其他人才会开始重视媳妇。

其实婆媳之间的相处，应该是媳妇对老公好，媳妇对婆婆好，然后老公对媳妇好，老公对妈妈好，最后才是婆婆对媳妇好，婆婆对儿子好。做媳妇的对老公好是天经地义，老公对媳妇好也是天经地义，但是要做到对婆婆好，做媳妇的就要怀着一颗感恩之心。毕竟她是你爱人的亲妈妈，对她有起码的尊敬和感恩，是我们每个做媳妇的都应该懂得的。而婆婆对媳妇好，也是必须的，因为媳妇是要跟你儿子过一辈子的人，也是你孙子孙女的妈妈，未来甚至还要依靠她照顾你。

换个角度想，对于不相熟的人，我们总是能平和地对待，那么，对于已经成为自己亲人的婆婆或者儿媳，就更应该拿出耐心和宽容，各退一步，海阔天空。

/ 2 /

头几天跟冯先生商量着过年给两边父母买什么东西，因为结婚后，每年过年我们都要给双方父母买一些新年礼物。

冯先生一边看手机一边跟我说："两边都买，东西你看着买，买什么都行，不要心疼钱，不够了我给你。"

我觉得非常好，就给两边父母都买了合适的衣服。带回婆婆家的时候，一进门，冯先生就喊："妈，快点来快点来，你儿媳妇给你买了一件大衣，快来试试！"

孙女士眉开眼笑地出来试穿，看到吊牌上的价格，有些心疼地怪我乱花钱。听到婆婆的话，冯先生看了我一眼说："妈，这都是打折以后的，商标上的价格不准，你知道慕慕为了你这件衣服逛了多少商场不，可把她累坏了！"

孙女士听了这话才放心地把衣服收起来，我在客厅里冲冯先生做鬼脸，冯先生凑过来跟我说："千万别说是原价，老妈准得心疼。"

我心照不宣地点点头。

说这件事，并不是要秀恩爱，而是要说明，在我和孙女士之间，冯先生的一些做法非常值得肯定。我和孙女士的关系之所以融洽，是因为他明白，在和睦的家庭关系里，夫妻关系是最重要的。在自己妈妈和媳妇之间，他一定要维护好媳妇，哄好老妈。

再讲件事。去年，闺蜜琳达生孩子，是剖腹产，远在老家的婆婆闻讯赶来照顾琳达。生过孩子的妈妈都知道，剖腹产刚下床的时候非常疼。这时从医院回家，才刚刚三天。到了楼下，琳达非常疼，忍不住对前来照顾自己的婆婆说："妈，你扶我一把吧！我有点难受。"

原本这是件非常简单的事，可是她婆婆却把脸一变，说道："我要不要找个人抬你上去？"

琳达一听，立马把头转向老公。本以为老公会帮着自己说话，谁知道老公居然也说："你快走两步就进电梯了，别矫情了，快点！"

琳达简直不敢相信这句话是自己老公说出来的，她忍着刀口上的伤痛，一步步挪到电梯口。她告诉我，那个瞬间，她突然觉得自己很绝望。

再后来，就是月子里大小矛盾不断。婆婆从乡下来，和她的生活习惯一点也不一样。琳达给自己请了月嫂，婆婆就时时刻刻盯着月嫂。琳达告诉婆婆要相信阿姨，她会更好地照顾孩子。婆婆却一脸嫌弃，在知道了月嫂一个月要拿6000多块钱后，婆婆的脸色就更不好看了。

两个人的磕磕碰碰终于引发了一次大爆发，这次是因为一碗面条。

月嫂休息的那天，没有人给琳达做饭了，因为平时都是月嫂做饭，婆婆从来都不管。琳达早饭吃了一点面包，午饭时间到了还没有吃饭，没办法，她只好给正在上班的老公打电话，让他抓紧回来给自己送点吃的。

估计是婆婆听到了琳达打电话的声音，终于从客厅里关上电视，慢悠悠地走过来告诉琳达，今天中午吃面条。

琳达有点不开心，因为月子里活动少，面条不好消化，就问婆婆能不能熬点粥。谁知道老太太脸色一变："哪里有时间熬粥？有点面条吃就不错了。你们城里人就是矫情，坐个月子有什么了不起，给一个外人6000多！"

琳达一听这话，就琢磨出不对了，感情是心疼这钱啊！我又没有让你拿钱，你来这里一点忙都没有帮上，怎么还能有这个态度呢？眼见琳达不说话，婆婆哼了一声就去做饭，不一会儿，端进来一碗清汤面。

看着这碗连油星都没有的面条，琳达再也忍不住了，她从桌子上拿起碗就扣到了垃圾桶里，然后把碗丢在地上，冷冷地看着婆婆："妈，我不知道你坐月子的时候是什么样子，但是最起码你应该知道，坐月子的人是不能吃面条的。我请月嫂的6000块钱，是我妈妈付的，我没有花你们家一分钱。"

与此同时，门开了，提着饭盒的老公走了进来。这下可捅了马蜂窝，婆婆突然号啕大哭，一边哭一边坐在地上胡天扯地地喊起来，活脱脱一个泼妇骂街的形象，嘴里还不停地喊："我辛辛苦苦照顾你，你居然连我做的饭都不吃，还给我倒了。我的天呐，你个没有良心的东西……"

作为中国孝子的老公看到母亲此状，二话不说，冲上前就给了琳达一记重重的耳光。

作为一个受过高等教育的知识分子，琳达简直不敢相信眼前发生的一幕。她像看戏一样看着婆婆在自己跟前撒泼，看着老公在自己面前变成另外一个人。她默默地低头开始收拾东西，给自己的父母打电话，要他们接她离开这个家。

老公这才慌了神，忙拉住她试图阻挠，无奈琳达也是倔脾气，抱着孩子顾不得刀口未痊愈，大力和老公撕扯起来。一旁打滚撒泼的婆婆见状也顾不得哭喊了，一个打滚从地上爬起来，开始帮儿子抢孩子。

等到琳达父母赶到的时候，琳达整个人已经如同疯子一样在和他们二人拼命，腹部一片殷红。她的刀口在大力撕扯中被挣开，整个人的精神接近崩溃。

当我知道这件事的时候，琳达已经在医院里躺了快一个星期。我去医院探望她，才真的相信她没有夸大事实。

她苍白的脸上有几道抓痕，整个右手都是青的，肚子上的刀口经过处理已经包扎好了，但是心里的伤口，却无论怎样也无法痊愈。

她始终不明白，为什么婆婆一来，老公就像变了一个人一样。

其实原因很简单，婆婆架子摆得太高，老公愚孝。婆婆认为，儿子的家就是自己的家，你花6000多请月嫂，就算是你娘家给的，你娘家给你的东西也是我儿子的，你就不该花这个钱请月嫂。另外，婆婆要宣誓主权，我才是这个家的女主人，我说吃什么就得吃什么，你不能反驳，反驳就是不孝顺。我来帮你照顾孩子，你必须要对我感恩！

这种愚昧的盲目的自以为是的观念，让婆婆觉得自己可以随意干涉儿子和儿媳的生活，金钱，甚至一切。

而她老公却认为，孝顺是没有道理的。无论发生什么事情，都是父母为大，父母的意见最重要。愚蠢而又盲目孝顺的男人，往往会非常专权专制，他会以自己的标准来要求和约束妻子，必须做一个像他一样对父母毫无忤逆的人，一旦发现妻子有任何惹父母不开心的行为，便会不论对错，一律对妻子施以暴行，有人是语言暴力，有人是行为暴力。不管怎样，当你不分青红皂白为父母出头的那一刻，你就不是一个合格的丈夫，仅仅是一个愚孝的儿子。

在婆媳矛盾中秉承着中立观点和实事求是原则的男人不过是在自欺欺人，毕竟清官还难断家务事呢！婆媳之间的争吵有时候和夫妻之间的争吵一样，不存在谁对谁错的问题，有时候仅仅就是互相看不对眼。

在我们国家，每当遇到婆媳之间的争吵问题，中国男人大多采取以下两种策略：一是当缩头乌龟，两边谁也不得罪，或者在中间当和事佬，结果可想而知。二是采取孝顺的态度，一切老娘说了算，至于老婆嘛，大不了再私下安慰几句，结果往往是媳妇最后不堪忍受，婚姻惨淡收场。

但是，家庭关系的核心，不是父与女，母与子，而是夫与妻。弄不明白这一点，家庭必将乱套。

宅院深深的封建社会早已经离我们远去。如今，家庭关系的重心，早已经不再是婆婆执掌全家女人大小事务，随着时代的进步和发展，已经变成了夫妻二人平等的关系。

那个婆婆最大的时代已经沉淀在历史的大潮中，那个不可冒犯、拥有绝对权力的婆婆已经消失在过去的时光里，那个独断专行以压迫媳妇为乐的婆婆已经被这个社会淘汰唾弃。现在的女人们，独立且坚强，早已不是曾经的受气小媳妇们，依靠着男人给予一切。她们可以在社会拥有自己的地位，可以在收入上不逊色于男人，甚至离开男人一样能活出自己的精彩。

所以，那句"你若无心我便休"早已不是一句空谈。

据《社会变革与妇女问题》调查显示：在中国离婚家庭中，有近半数的夫妻离异，是由于婆媳关系造成的。

当老妈和媳妇发生矛盾的时候，做儿子的一定要谨慎对待。因为有些事情，就直接取决于儿子的态度。

就像琳达的情况，婆婆可以随意地翻动她家的东西，可以毫不顾忌地批判她家中的摆设，可以当着很多人的面讽刺琳达奶水不足。这就是典型的将自己置于家中最高地位的表现。

其实你拥有一切，什么都不缺

而当琳达表现出极大的不满和反抗时，婆婆和儿子的表现则是对琳达的反抗实施镇压，企图巩固婆婆的家庭地位，而将琳达的个人感受置之度外。

如果说在结婚的最初，两个人就能把婆媳问题提前摆出来，老公能提前明白遇到这样的事情应该怎么办，甚至对婆婆表明立场："我们自己的生活，我们自己做决定。"这样很多矛盾和问题，就会消弭很多。

刚结婚的时候，在我身边比我结婚早的闺蜜跟我聊婆媳矛盾，我笑着跟冯先生说这件事，冯先生很认真地说："在你和咱妈之间，我会毫无理由地支持你，但是我也会告诉咱妈，千万别对你儿媳妇期望太高，她也是刚开始做儿媳妇，你们有事就敞开沟通，肯定就没问题了！"

后来，我和孙女士也对婆媳关系这事进行过讨论，孙女士说："在一个家庭里，作为婆婆，首先要肯定儿媳妇在家里的地位，自己的儿子爱她，作为妈妈就更要爱她，只有她感受到我的关心，才会更爱我的儿子。儿子和媳妇吵架的时候，作为婆婆，一定要坚定不移地站在媳妇这边，人家孩子孤身一人嫁到咱家来，我们怎么能两个欺负一个！"

何其有幸，我遇到了一个好婆婆。

在此，希望各位姑娘，能够在结婚前和男朋友探讨一下婆媳关系。如果他真的是那个离不开妈妈怀抱的孩子，那么姑娘，请你勇敢地放手吧！否则，琳达和橙子的故事，将有机会变成你的故事。

相爱不易，且行且珍惜。

其实你拥有一切，什么都不缺

不是所有感情都不值得歌唱

/ 1 /

写这篇故事的头一天，我们家老妈和老爸刚过完结婚三十周年纪念日。

说实话，老妈在我们家的地位绝对是No.1，每次看她作的时候，我和老妹都忍不住对老爸喊："快点来管管你媳妇，都是你惯的！"

没办法，你见过花式秀恩爱吗？这在我们家简直就是家常便饭。这俩人的岁数怎么算也得100多岁了，可是让人觉得不公平的是，我老妈天生娃娃脸，显得格外年轻。而且自从她学会了网购，隔三岔五就会有新衣服送到家。

每当此时，老妈都会无比嘚瑟地试穿新衣服，然后在镜子前摆造型，完了还不忘扭头问老爸："这衣服好看吗？"

老爸一般都会戴着老花镜，假装认真地看一圈，然后非常中肯地说："好看，你穿什么都好看！"

每当他俩这样的时候，我和老妹都忍不住哀号：你们俩真是够了！

更过分的是，在我还没有结婚之前，总是幻想着能减重二十斤。而我那可爱的老爸为了让我吃饭，每天晚上都会做各种美食，馋得我是口水直流。

我一边吃，一边愤愤地吐槽老爸太不人道，明明知道我减肥，还勾引我。你猜我爸说什么？我爸非常淡定地给我妈夹了一块排骨，慢条斯理地说："你就是瘦了，也没你妈好看，还是别折腾自己了。"

我顿时有一丝淡淡的忧伤。

说起来，我老妈年轻的时候是一美女，我老爸也是一帅哥。按理说这俊男靓女的标配一般都难相处，更何况我老妈从年轻就脾气大，性子怪，不爱吃羊肉，不爱吃牛肉，不爱吃猪肉，最爱驴肉火烧。但是我那脾气超级好的老爸居然对老妈的怪脾气全盘接受，为了让老妈吃点她爱吃的东西，简直煞费苦心，每天变着花样做着吃，导致当年非常嘴刁的苗条淑女直接变成了现在百无禁忌的胖大妈。

老妈的性格非常豪爽，时常呼朋唤友来家做客。老爸也不恼，只是笑嘻嘻地把饭菜做好，陪着一桌子人吃喝，完事了还要打扫卫生。

老爸年轻的时候总出差，每次出差都给老妈带东西，要么是丝巾，要么是皮鞋，要么是裙子。在那个每月只有20多块钱工资的时候，老爸从上海给老妈买回来一条价值10多块钱的丝巾。每当回想起来，我都忍不住心疼，那可是半个月的工资啊！

其实小时候我一直不理解，为什么爸爸总是那么听妈妈的话。后来我才知道，我老妈心脏不太好，不能生气。我爸怕她生气，怕她着急，一直惯着她。

爱从来不是一个人的付出。在我们家，老爸年轻时候的毛衣毛裤都是老妈一针一线织出来的。小时候，她就教育我们要尊重老爸，教育我们要懂得关心老爸，他在外面东奔西跑，是这个家里最辛苦的人。

在老爸跑车的那些年，老妈的耳朵异常灵敏，即便是半夜，听到关车门的声音，也能立马分辨出是老爸回来了。老爸如果出门去很远的地方，老妈每个晚上都必须接到老爸报平安的电话才会安心睡觉。后来老爸年龄大了，放弃了做生意，又开始了朝九晚五的上班生活，老妈的神经这才开始变得大条起来，一副有夫万事足的模样。

现在，老妈退休在家，闲着没事就上网，绣花。老爸依旧奋斗在工作岗位，每天准时下班买菜，做饭。周末俩人会推着车子去超市购物，假期俩人会携手旅游。随着时间的推移，俩人争吵越来越少，恩爱越来越多。

前段时间，老妈身体不好，去医院住了几天。这几天，老爸请了假，在医院陪她，端茶倒水洗水果，买饭做饭打扫卫生。我说要替换老爸一天，老爸却让我去上班。每天，他都坐在老妈的床边，眼睛盯着点滴，神情特别专注。

那一刻，我突然觉得，所谓白头偕老，并不像书上写的那样需要太多天时地利人和，也不需要情深似海。只是在这漫长的岁月里，慢慢地适应彼此，包容彼此，你懂我的泪点，我懂你的笑点，你能包容我的一切，我能体谅你的所有。老爸老妈风风雨雨这些年，让我懂得了"陪伴才是最长情的告白"这句话的真正意义。

而那些所谓的吵架和争吵已经变成了两个人爱情里的调料，正是因为有了这些不一样的味道，才让这平凡而简单的生活显得格外珍贵。

爱是什么？爱是无限的包容，爱是在漫长的岁月里，用一颗心来温暖另一颗心。这是一种无法言语的平衡，有付出的，就有回应的。唯有两个人平衡了，日子才能过下去。

在离婚率特别高的今天，为什么我们总是羡慕老一辈人的爱情？我想，大概是因为他们没有华丽的婚礼，没有甜蜜的语言，没有山盟海誓的誓言。他们有的，是如同流水一样的一种感情，是一种渗透到骨子里的习惯，是一种在岁月里任凭时间更迭也不会更改的长情。

我们的爱情不必像电视剧里演绎的那般轰轰烈烈，也不必像小说里写的那样生离死别。我们只需要简单地活着，单纯地爱着，努力珍惜对面那个人，心甘情愿地付出，美好甜蜜地回应，就能够美满而幸福地走完我们这漫长而又短暂的一生。

我常想，是不是父母也会影响下一代的择偶观？在我选择另一半的时候，总是会下意识地寻找那个能理解和包容我的人。包容也是一种爱，真正爱你的人，就是一直愿意包容你的人。我相信，爱情是生命里的一束光，即使随着岁月渐渐消融，但那个对的人，还是会有一喊就心颤的感觉。

而最美好的爱情，不是你有多少钱，你有多少东西，你有多少权力。而是你在闹，我在笑。

我和冯先生在一起的时候，很多人觉得不可思议，因为我和他首先是外观上不太一样，一个长脸，一个圆脸；其次是志趣不同，他喜欢游戏，喜欢篮球，而我喜欢旅游，喜欢写点文字，甚至有点浪漫情怀。

而他实在是不够浪漫。一直以来，我为他添新衣，买他最爱的篮球鞋，做他爱吃的菜，生日的时候给他写一篇煽情的小文章。但他很少想到为我做些什么，该为我做些什么。

可是冯先生的好，终究是实实在在的。在我们还在谈恋爱的时候，有一次我要去北京聚会，火车是夜里两点半的。他这个从来沾枕头就睡着的人，愣是不到两点就起来，开车到了我们家楼下，跟我爸爸送我去火车站。

再后来结婚购置家里的东西，他都是跟在我后面，任我对商场里诸多家具品头论足，最后只说一句："你喜欢就好，按你的感觉来。"

结婚的时候我的体重已经破了一百大关，他愣是抱着我从楼道门口一直走到小区门口。那条路足足有近800米，最后我能感觉到他的胳膊都在发抖，但他还是坚持没有把我放下。

我怀孕的时候特别想吃地瓜，他骑着车子满大街地找。七月份的天气，怎么会有地瓜？可让人惊喜的是，他居然从一个不知名的小巷子里找到了，挑了一块最大的，兴高采烈地捧给我吃。

生完六月阵痛的时候，他在待产室里陪我，我疼得死去活来，毫无意识地抓着他的手。后来我才看见，他的手都被我抓破了。后来朋友跟我说，我进产房后，他一个人在阳台上抽烟抹眼泪。

我们结婚五年，每天晚上他都会在我的床头放一杯水，喊我起来喝水。因为我不爱喝水，他便让自己养成了喊我喝水的习惯。

我们也会吵架，却从来不说伤人的话。气到极点时，最多也就是相互不理不睬几天。等到俩人都气消了，才会坐下来心平气和地谈一谈。

记得曾经有一次我问他："有没有某个瞬间，你会觉得结婚是一件特别美好的事？"

他说："有。打球累了的时候，看见你站在场边等我回家；应酬完回家的时候，站在楼下，看见楼上有一盏灯，发着橘色的光，非常温暖；当周末醒来的时候，你在身边看手机，六月在你旁边睡着；周五晚上，我们牵着六月的手一起去逛超市，看灯光下我们三口的影子的时候；每天回家听到六月喊爸爸妈妈的时候；还有给你发奖金的时候。

我又问他："那，有没有某个瞬间，你觉得离婚是一件特别美好的事？"

他说："有啊，你蛮横不讲道理跟我吵架的时候；你明明做错了还要摆出一副你没错的样子的时候；你恨不得把全世界的节日都过上一遍的时候；你批斗六月的时候；你召集一群人在我们家唧唧喳喳的时候；你不给我做饭吃的时候；你拉着我去做我不喜欢做的事情的时候。仔细想想，离婚的理由大概会有很多很多。"

我继续问他："那为什么我们没有离婚呢？"

他说："因为你对我的每一份温暖，都足以让我忘记那些不好。"

我笑了："我也是。"

记不得在哪里看过一句话：爱情好讨厌，还好你很可爱。

其实，感情真的是天下最简单也是最复杂的事。简单到每日只需要一日三餐，复杂到敏锐的感情里容不下半点不如意。但是我们起码都知道，我们付出着，对方回应着，这样，才能将这份感情继续维持下去。

我们在茫茫人海中，遇见一个人，运气好的话，可以聊点相同的东西，可以有酒有诗有远方。可是我们偏偏没有那么多好运气，那么我们也不会随便讲究，因为总有一个人，会有你喜欢的地方，就算没有酒和远方，我们还可以谈谈梦想。

网络上有个很感人的段子，老婆问老公："我有缺点吗？"老公回答："有啊，像天上的星星一样多。"老婆不甘心，又问："那我有优点吗？"老公继续回答："当然有，就像天上的太阳一样少。"老婆生气了，怒斥道："那你为什么还要和我结婚？"老公说："因为太阳一出来，星星就不见了。"

/ 2 /

小小是我发小，当她满含热泪跑来跟我说，她遇到了生命中最重要的"欧巴"周同学时，我立马孙二娘附体，气势惊人地给周同学发微信："首先恭喜你获得了小小的认可。其次我要告诉你，小小是我们大家的公主，你要是敢欺负她，背叛她，欺骗她，我分分钟砍死你！"

周同学回复了一个抱拳的表情："请组织放心，我这人天生怕死，一定不会给你机会。"

最近三个月，我简直成了小小和周同学的爱情见证人。

第一次，小小跟我去市区逛街，从早上到晚上，我们俩简直要把两条腿逛成火柴，最后实在累得不想动。我提议让冯先生来接我们，可是电话打过去人家正在打比赛。没办法，小小只好给距离我们大概有一个小时车程的周同学打电话。

结果，周同学非常爽快地答应了。在我们俩还在

KFC吃圣代的时候，周同学到了。回家的路上，我才知道，周同学今天晚上正在公司加班，送完我们回家，他还要继续赶回去工作。

我问周同学："不觉得太耽误时间了吗？这么来回得俩小时，加完班回家还不得凌晨了。"

谁知道周同学却哈哈一笑："在我这里，没有什么耽误不耽误，小小的事凌驾于任何事之上。工作可以明天早上再做，但是小小不能明天早上回家。"

那一刻我觉得周同学很man。在女人眼里，其实根本没有什么道理可言，有的只是你有没有把她放在心上。

周末聚会的时候，周同学跟小小来我家做客。两个大男人一见如故，很快便热火朝天地聊在一起。中午吃饭的时候，我做了一道红烧排骨。冯先生吃了一口便放在一边，皱了皱眉头没说话。我心想坏了，肯定是做失败了。结果周同学吃了一口，居然笑眯眯地跟我说："你是不是知道我喜欢吃甜食，故意放了这么多糖啊！"

我慌忙吃了一口，果然是糖放多了，心里有点过意不去，可是周同学却很满意地吃了好几块。其实真正的红烧排骨并不是这个味道，如果周同学不喜欢，大可以一口不吃，那尴尬和抱歉的肯定是我和冯先生。可是他却美滋滋地吃了好几块，还不住地夸奖。

吃完饭我送他们回去，小小提议去我家附近买杯奶茶，结果到了蜜雪冰城却发现人家今天休息。我们只好又去另一条街上的分店买，结果到了却发现分店也没有开门。最后小小有些生气，闷闷不乐地说："那我们去柠檬工坊吧！"

其实如果是我，早就不这么固执地非要买到一杯奶茶，我肯定会随便买点喝的就回家了。这样不停地换地方，换作一般人，就算不喋喋不休地抱怨，估计也会脸色有些难看。可是周同学却说："柠檬工坊要是没有，咱们就去香芋世家，香芋世家没有，咱们就去果汁家园！"

回到家，我给小小发微信："恭喜你，遇到了一个非常好的男人。"

小小用了很长时间回了我一段很长的话："亲爱的，我一直以为，我的那个他一定会给我一份轰轰烈烈的感情。我想要的，他都会给我，在他面前我可以肆无忌惮地做公主。可是遇到周同学，我却发现，原来最好的感情不是轰轰烈烈，而是一个男人的真心实意，是他把你说过的话放在心上，是他不会去追究生活里那些不如人意的小事，是他永远都会笑着对我说：'好啊！我们一起去！'"

我觉得，小小这段新感情，一定会非常幸福美满！

让我认为非常好的感情，还有同事安姐和他老公凯哥。

安姐是个女强人，在单位里风风火火，我们经常在办公室里听到她对凯哥大呼小叫，严厉斥责。

背后我们也常常猜想：凯哥会是什么样的人啊，能受得了安姐这样的脾气？

一次偶然的机会，我们去安姐家做客。看着脱下高跟鞋在厨房里忙忙碌碌的安姐，再看着在安姐身边不停帮忙的凯哥，我们似乎有点明白了。

安姐不满意凯哥洗的菜，凯哥笑呵呵的也不恼，接过来继续耐心洗。这里刚洗完菜，安姐又指示凯哥来客厅给我们续水，水刚倒完，又被安姐喊去刷盘子。

自始至终，凯哥的脸上都带着笑容，用宠溺的眼神看着不停使唤自己的安姐。我突然意识到，他并不是不生气，而是他知道，一个女人的作，完全来自一个男人对她的宠。

他用他博大的胸怀，包容着眼前这个女人对自己的指手画脚。因为在他看来，吵架只会让感情变得稀薄，而包容却能让感情变得浓郁。

就在不经意的时候，我看到安姐伸手悄悄整理了一下凯哥的衣服，还顺便吻了吻他的脸颊。凯哥则不好意

其实你拥有一切，什么都不缺

思地笑了笑，继续低下头忙活着。

婚姻就是一条船，在讨论要上或者要下的时候，我们更应该考虑的是如何让自己的这条船不翻。只要船不翻，每一天我们都会一起漂洋过海，朝更远的地方前进。

所以，我们在婚姻里总是会期望对方能够包容我们，期望能有一场轰轰烈烈的感情。可是我们却往往容易忘记，婚姻是两个人在支撑，感情不是一味的索取。夫妻是一株已经长在一起的植物，你若太作，两个人都会受伤。

在自己的感情里，唯有我们自己知道，什么相处方式才是最好的。

/ 3 /

要不是一场同学聚会，我是无论如何也想不到，蒋祺会变得这么好。我对她的记忆似乎一直停留在高中时候，那个学习中等、穿着普通，还不怎么好看的平凡姑娘。

当时蒋祺家跟我们家住在一个小区。女生间的友谊大部分是从一起上下学开始的，我们会约好时间一起上学，一起回家，聊班里的大事小事，调侃某个老师，甚至会在周末偷偷溜出家门去逛街。我们一起做过很多很多事，自然就变成了很好的朋友。

有一天晚自习放学，蒋祺突然跟我说，她喜欢上了王子阳。听到这句话，我简直要惊掉下巴："真的假的！"

这两个人简直就是一个天上一个地下，根本不是一类人。王子阳比我们高一级，是我们学校鼎鼎有名的校草，学习不用说，长相不用说，就连性格也是极好的。他是我们许多女生心中的郭品超，我们每个人都渴望成为他身边的安以轩。

这个秘密蒋祺只告诉了我，但她没有勇气表白，因为她知道自己有多普通。对于蒋祺而言，王子阳就好比太阳一样耀眼，而她只是夜晚繁星中最不起眼的那一颗。她笑着跟我说："等我们高考完，我就跟他表白。"

我不忍心打击她，我们高考结束王子阳已经大二，谁能保证这么优秀的一个男生不会在大学里遇到自己喜欢的女生呢？

蒋祺似乎也知道，他离自己的距离，很遥远。可是她却不在乎，傻傻地跟我说："我要一步步走向他，等到我站在他面前的时候，我足以与他并肩。"

每个暗恋中的姑娘都会做一些傻事，蒋祺也不例外。她会在课间操的时候寻找王子阳的身影，为了多看他一会儿甚至不惜自荐去领操；有王子阳在的地方，她总是会非常紧张，却又控制不住朝他看；走在路上如果有人提到王子阳的名字，她都会静静地站在那里听一会儿，不肯放过任何一个得知他的消息的机会。王子阳王子阳王子阳，傻姑娘时时刻刻都在想着他，把他的名字刻在了心里。

最傻的是，晚自习的时候，蒋祺去学校宣传栏把他的照片撕了下来，每当学习累了的时候，她都会偷偷拿出来看一眼。她告诉我的时候，眼睛里闪着光，我知道她的心里一定也是光芒万丈。

蒋祺开始努力学习，开始尝试着写文章。那段时间她写了很多文字，觉得不错的时候还会偷偷给校文学社以及广播站投稿。日子久了，她的文章开始陆陆续续发表在校报上，出现在广播里，她的名字也开始被大家熟知。

我知道她为什么这么努力，傻姑娘只是为了让喜欢读书的王子阳能够注意到自己，知道在学校里有自己这样一个人，这样，他们就好像认识了一样。

想必经过高中时代的人，都会知道那段时间每个人都特别紧张和压抑。我和蒋祺也不例外，每次月考成绩出来的时候，我们俩都会去操场坐一会儿。王子阳是我们学校的骄傲，他基本上可以不用考虑要上哪所学校，因为以他的成绩基本上全国学校任他挑。

有一次蒋祺问我："慕慕，你说，如果我学习不好，是不是就会跟他不相配呢？"

我反问她："你学习不好跟他爱不爱你有关系吗？"

她若有所思地点点头："好像没关系。不过慕慕，我一定会努力加油的，等能跟他站在一起的时候，我们会是一样引人注目的。"

我笑着抱抱她，用力点点头。爱情里没有什么般配不般配，我也不知道等你们站在一起的时候他会不会喜欢你，但是我至少可以肯定，这场暗恋里，你会变成更好的自己。

往后的日子里，蒋祺像疯了一样学习，每天只睡两个小时，依靠苦咖啡来提神。那段时间，蒋祺瘦了很多，让我看得都心疼。

可是她却觉得这样很开心，因为她终于把自己的成绩提高到了年级前十名。我从来都不知道，爱情的力量可以让人如此疯狂，可以让人脱胎换骨地改变。

高考如约而至。王子阳高考那天，我和蒋祺都去了学校门口，就为了能第一时间看见走出考场的王子阳。非常幸运，我们不仅看见了王子阳，还跟他说了话。因为那天守在校门口的人特别多，蒋祺为了能寻找一个好角度，干脆站在了车棚里的一辆电动车上。巧的是，那辆车是王子阳的。

王子阳走过来的时候，蒋祺的脸一下子红了。她不好意思地从车子上跳下来，王子阳却对她一笑："小心摔倒。"

我不知道蒋祺此刻心里有多么窘迫，但是我却看见了王子阳笑着对蒋祺说："高考加油啊！学妹！"

暑假过后，王子阳去了北京，蒋祺上了高三。日子三点一线，班级，食堂，回家，生活中全部的事情就是高考，而她唯一的目标就是北京，那所中国数一数二的学府。

为了上那所大学，更确切地说是为了在那所大学里读书的那个人，她开启了拼命三郎模式，做无数道题，背无数个单词，甚至看了大量的课外辅导书。到最后，她的努力让老师都不得不佩服，但是我却知道，她离那所大学的录取分数线依旧差很多。

不过蒋祺却觉得，每个人都要在自己最好的年纪里，爱一个最好的人，然后为他倾尽一切，哪怕等日后老去，再回忆起来，也不会为曾经没有在一起而感到遗憾。

蒋祺说："我不怕他不爱我。我怕的是，当我向他表白的时候，我自己都会觉得我配不上他。"

傻姑娘过了一年天昏地暗的日子，终于迎来了高考，出分数线的那天，我比她还激动，查完自己的成绩，我就开始等她的电话。

直到她哽咽着给我打电话："慕慕，我考上了！"我们两个隔着长长的电话线，泪流满面。没有人知道，这个成绩对蒋祺意味着什么，也没有人知道傻姑娘考出这个分数的背后付出了多少。大家都在为又出了一个高材生而兴奋，而我却在她脸上看到了一丝忐忑。

我们用了一个暑假来幻想蒋祺和王子阳重逢的场景，又用了一个暑假来猜想一万种可以搭讪的机会。可是直到蒋祺去北京，我们依旧没有一个靠谱的方案。送她去北京的那天，我说："傻姑娘，去了北京你要好好照顾自己，如果再遇到王子阳，你一定要抓紧向他告白，实在不行，就霸王硬上弓！"

蒋祺哈哈大笑："等我回来报喜！"

可是一等二等三等，直到一个月后，蒋祺才给我打电话。新生报到那天，接待蒋祺的居然是王子阳，王子阳一眼就认出了蒋祺，俩人一下子拉近了距离。再后来，王子阳帮蒋祺安排好宿舍，放好行李，还带她参观了解了一下学校。最后，王子阳居然请蒋祺吃了一顿饭，虽然是在食堂。

"你一定要抓住机会，抓紧表白啊！听说你们大学美女特别多，还个个优秀，你别等别人抢了，你才来得及哭。"我在电话这边劝她去表白。

蒋祺思前想后，给他发了一封长长的邮件。她说：你从来都不知道，有一个女孩，默默地喜欢了你三年三个月又四天。

她说，你是我生命里最灿烂的阳光，有你的地方才是我的天堂。

她说，爱情不求两相知，只愿一生曾恋过。

她说，我喜欢你，还感谢你，谢谢你陪我度过了整个青春期，谢谢你让我变成了更好的自己。

她说，如果你觉得我打扰了，那么对不起，我喜欢你，喜欢到我必须告诉你。

蒋祺把邮件发送出去的那天，给我打电话说："慕慕，我感觉自己的心突然一下子变轻松了。"

王子阳没有立即回复他，过了半个月，他给蒋祺打了一个电话说："我想了很长时间。但我觉得我不能再想了，因为我想的全是和你在一起以后的事。"

于是，他们就这样真的在一起了。

后来蒋祺才知道，其实很早之前王子阳就知道她，因为他很早就关注到校报上有个叫蒋祺的女孩子写得一手好文章。再后来，他便能在操场上看见她笨手笨脚地站在台上领操。高考结束的那天，王子阳一眼就看见了站在自己电动车上的蒋祺，她红红的脸格外好看。其实，他那天很想跟她说："加油，我在北京等你！"

王子阳没有想到新生报到那天能遇见蒋祺。蒋祺也不知道他在知道她喜欢他的时候多么激动，他们都没有想到过，对方会同样喜欢着自己。

蒋祺告诉我，他们在北京一起考研，去年王子阳通过了国考，她今年也准备试一试。两人的父母都已经见过，婚期定在明年五月，婚房要在北京买。

她已不再是高中时那个平凡的姑娘，现在的她身材、面貌、精神无一不好，举手投足之间都格外赏心悦目。

为此，我真心觉得欢喜。蒋祺用她的青春向我们证明，爱情有时候真的要靠我们自己争取。如果你觉得自己配不上对方，那么，你就必须开始努力，努力变成那个更好的自己。哪怕有一天真的不爱了，也不会觉得后悔，因为时光总会告诉你，没有白白付出的努力。

愿天下所有正在经历暗恋的小姑娘、小伙子们，都大胆一点，努力一点，用心抓住自己的幸福！

/ 4 /

每次想起这个故事，我总是忍不住要心疼一次。这个世界上，有些人，却会因为一场失败的感情，而变成另一个自己。

叮当是个特别招人喜欢的女孩子，性格也非常好，追她的男生虽然不至于排队，却从来没有断过，更让人惊讶的是，居然个个都是帅哥。我在认识她之前，她谈过三次恋爱，据说都是因为男生对她特别好，长得又很帅，所以才决定在一起试试。分手的原因都是谈着谈着，叮当就没了感觉。我一直觉得，叮当这姑娘什么都好，就是在恋爱上有点二。

可是让我惊讶的是，这么好的一个好姑娘，居然爱上了一个小混混，还不折不扣地陷进去了。

我觉得吧，这个世界上最不靠谱的就是"你什么都没有，还满嘴跑火车"的感情。你可以一无所有，但是一定要有一颗善良真诚的心，如果你连这个都没有，我就只能呵呵了。

可是傻姑娘叮当却把他当成自己的知心人，每天电话短信不断，就连上班你都打不进去一个电话。我们对她这段感情非常不看好，可是叮当却觉得自己非常幸福。男生晚上要去酒吧上班，叮当就跟着他去，熬不住了就在包厢里睡，经常一觉醒来他还在外面。

我们都劝她分手，因为她和他根本就是两个世界的人。

可是对于已经深陷其中无法自拔的叮当，别人反对不看好之类的话对她来说就是空气。人一旦开始恋爱，就容易盲目起来，对于一个普通家庭的女孩子，男生另类的生活无疑对她是一种致命的吸引。她犹如飞蛾扑火一般，不管不顾，只要能和他在一起，失去了全世界也不要紧。

不久，叮当和男生同居了。知道这个消息后，我突然觉得很难过。渐渐地便和叮当减少了联系，朋友们聚会也不再喊着叮当。直到有一天叮当给我打电话，我才知道在我们失去联系的这几个月里，她经历了什么。

刚开始的时候，两个人感情好得不得了，可是慢慢地，男孩似乎厌倦了叮当，开始对叮当有些不耐烦。叮当做的饭说不吃就不吃，叮当去酒吧找他，他也是一脸不耐烦。他甚至开始正大光明地跟酒吧里的其他女孩调情，全然不顾叮当流泪的眼睛。

后来，叮当怀孕了，她兴高采烈地跑到酒吧告诉男生，可是她却看见男生正在跟酒吧老板娘接吻。老板娘指甲上的红色指甲油，是那么刺眼。

男生带叮当去做流产，躺在手术台上的叮当在心里不停地说，宝宝，对不起，对不起。这是她生命里第一个孩子，可惜她却不能让他在自己的身体里健康长大，等他喊自己妈妈。

如果说这个时候，男生能够对叮当好一点，我想我也不会如此愤怒。可是男生嫌弃叮当矫情，让做完手术的她一个人回到那间出租屋，而他自己跑出去玩，三天没有回家。叮当一个人孤独地躺在冰冷的床上，肚子一阵阵剧痛。

我们大概都这样绝望地等待过一个人，你不知道他会不会回来。但是随着时间的流逝，你的心越来越冷，最后，只剩下绝望。

叮当最后选择给我打了电话，我背着不到一百斤的她走出那间阴冷的小屋，带她回到我家。她的手机再也没有响起过，我在夜里无数次听到她抽泣的声音，对此我却无能为力。有些伤痛，你必须独自承担，有些成长，你必须经历，只不过叮当的方式，有些惨烈。

我不是她，不知道她在出租屋里的三天三夜是怎么熬过来的。

当她养好身体，告别我离开的时候，我告诉她，每个人在生活中都会犯错误，甚至做一件不可饶恕的事，只有你自己经历了，你才会真正明白，有些事有些人，注定是一个过去式。而你的人生，也会因为经历这次磨难而变得更加坚强。

叮当后来选择离开了这里，去了一个很远很远的城市。只不过在微信上，我看着她的生活已经开始渐渐好起来，她的笑容，也恢复了曾经的灿烂。

好的感情，会让我们变成更好的人。不好的感情，却能教会我们成长。

在我们每个人心里，都住着一个导演。年少的我们常常幻想自己能有一段与众不同的经历，长大的我们常常幻想自己能够拥有很多。在成长的过程中，我们走过很多路，我们遇见过很多人，我们品尝过亲情、友情以及爱情。我们总是想做最好的自己，却发现自己一无所有；我们想要过自己想要的生活，却发现身边的百般不如意；我们患得患失，却又充满期望。

我们在爱情中寻寻觅觅，却发现总也找不到最好的那一个。我们总以为，只有电视上那些历经千辛万苦大团圆的爱情才是最让人感动的。我们总以为，只有作家笔下那些动人的故事才能让我们在深夜里慢慢回味。

其实我们都错了，我们自己才是最好的一切。我们相爱着，我们痛苦着，我们拥抱，我们分离。我们经历的每一段感情，都值得我们骄傲。

这个世界之所以可爱，正是因为所有的美丽和痛苦，都饱含着深沉的爱意。

其 实 你 拥 有 一 切 ， 什 么 都 不 缺

关于内心

About heart

善良是一种信仰

上个周末，我在家照顾孩子，突然接到孙女士的电话，让我开车去离我们家很远的一个广场接她。我有些纳闷，老太太散步从来都是在我们家楼下的大广场，今天怎么平白无故跑了这么远。待和她碰面后，我看见她身边居然站着一个正在抽泣的小姑娘。小姑娘看起来也就三四岁的模样，穿得很干净，小脸蛋却因为寒冷冻得通红。见状我连忙把俩人喊上车，细问之下，才知道原来孙女士在我们家楼下广场遛弯的时候，碰到了这个正在大哭的小姑娘。孙女士本就是见不得孩子哭的性格，慌忙拉住正在乱走的小姑娘问个究竟。原来小姑娘刚才跟奶奶出来玩，不知道怎么回事，居然跟奶奶走散了。

孙女士慌忙拉住孩子，这还了得，三四岁的孩子自己在广场溜达，万一遇到坏人怎么办？她问小姑娘自己爸爸妈妈的电话号码，小姑娘摇摇头。再问她家在哪里，小姑娘便告诉孙女士她家在另外一个广场对面的小区。我那可爱的婆婆大人，在广场里寻找了小姑娘的奶奶无果后，决定带着孩子走着去另一个广场，说不定能在路上碰到来寻找孩子的大人。

一老一小就这样在寒风中走着，孙女士在路上还不时抱一会儿小姑娘，累得气喘吁吁地到了另一个广场。可是到了那里，小姑娘却依旧说不出自己家在哪里，这可把孙女士急坏了。实在没办法了，才想起给我打个电话，看看能不能想办法找找孩子的家人。

我问小姑娘在哪个幼儿园上学，小姑娘似乎知道我们是帮助她的人，很快就告诉了我们她在哪里上幼儿园，是哪个班的。于是我和婆婆又跑到幼儿园去找人，最后，老师联系上了小姑娘的父母。

把孩子送到父母身边后，孙女士千叮咛万嘱咐，千万不要把孩子单独放在一边，如果孩子走丢了，将会是一个家庭最大的悲剧。

回家的路上，孙女士突然说折腾了这一上午，还真有点累。我一边开车一边从后视镜里看她，觉得老太太可爱极了。

孙女士其实是很普通的一个人，但是这个时候，我却对她肃然起敬。也许老太太自己并不知道，她认为很普通的一件小事，对小姑娘的整个家庭会有怎样的影响。但是她已经让我折服，人可以普通，但是一定要善良。

善良，是我们中华民族极力推崇的品德之一。《荀子·劝学》云："积土成山，风雨兴焉；积水成渊，蛟龙生焉；积善成德，则神明自得，圣心备焉。"为善，看起来帮助的是别人，其实，受益的还是你自己。

昨天晚上回家有点晚，我路过车库的时候，突然发现有一家的车库居然开着门，显然是主人着急出门，忘记了关车库。

正待我要走过去看个究竟的时候，一个人影从旁边的树影里走了出来。待我走近，发现原来是物业门岗值班的王叔。我问他："王叔，这么冷怎么不在屋里？"

见是我，王叔有点失望，随即指指开着的车库门："刚才巡逻的时候看到这里没关门，刚给业主打了电话。快过年了，怕不安全，我在这里帮他看着门。"

数九寒天，零下十二度的夜里，王叔跺着脚在车库门前来回走动。我离开的时候，老人还冲我招了招手。

也许有人会说，物业就是为业主服务的。可是王叔也可以只给业主打个电话，就回到值班室待着。但是他没有，而是选择了在寒冷的夜里帮业主看门。这不是他的义务，也不是他的工作，而是一位老人最朴实、最善良的心。

善良是最宝贵的礼物。若非要说它的好处，我想，我们所拥有的一切，幸福的生活，乐观的心态，美满的爱情，皆源于此。

善良，是至今很多人都在秉持的一种信念。每个人的能力有限，也许我们做不成那些轰轰烈烈的大事，但是我们至少可以做一些力所能及的小事；也许我们无法跳进河中救出落水者，但是我们可以在心里为他祈祷平安，为社会上的好心人送上祝福；也许我们无法阻止滚滚泥石流，滔天的洪水，山崩地裂的地震，但是我们可以向掩埋于瓦砾下的人伸出手，可以向失去家园的人献上一份爱心；也许我们没有勇气做那个见义勇为的人，但是我们至少可以不冷血、不漠视。

做一个善良的人，其实特别简单，因为你本身就拥有善良的本质。善良同时也是一种正能量，它传递给社会的这种能量，却能积少成多，汇聚成一股巨大的暖流。

我们都是芸芸众生中最普通的一个，你可以不出类拔萃，你可以不学富五车，你甚至可以不够优秀，但是，你却不能不善良。

/ 2 /

我们家有一个特别富有的亲戚，我小时候，她常常把她女儿不穿的衣服收拾几包，拿到我家来。每当这个时候，我总是特别高兴，因为又有很多漂亮衣服穿了。没等她离开，我就开始在包里翻找，看看有没有自己喜欢的衣服。

有一次我在包里找出一条白色连衣裙，非常漂亮的公主款式，臭美的我立马把裙子套在衣服外面，在客厅里来回走。亲戚笑了起来，指着我说："这衣服是你姐姐从北京西单买回来的，咱们这里都没有，要不是小了，才舍不得给你呢！"

不知道为什么，老妈听了她这句话，脸色有些不好看，让我脱下裙子塞回去，我只得不情愿地把衣服脱下来塞回袋子里。本以为老妈会把裙子留下，可是那一次，老妈没有留亲戚家的旧衣服。而我，从此以后再也没见过老妈留亲戚家的旧衣服。

长大后，我知道了一句话：施比受有福。如果你能成为那个施舍的人，就说明你比接受施舍的那个人过得要好。可是，我们却常常会忽略接受的人也是有自尊的。比如我家那个亲戚，当年那句毫不客气的话，刺痛了我妈敏感的神经。本来是无伤大雅的一件小事，在我家亲戚看来，却是施舍给我们的东西。

我不能说她心肠不好、不善良，只能说她情商太低，不懂得如何保护他人的自尊。

关于善良，网上有这样的一个故事：二战时期，在德国农村有一位老人，他总是找来沿路的逃难者请他们帮自己搬动家门口的一堆木头，然后请他们共进晚餐并付给搬木头的人工钱。在那困苦的战乱岁月，老人家门口的木头被来来回回搬动了无数次，可谁也不知道它们其实并不需要被移动。那堆木头就这样见证着一位老人的善良，不仅是因为工钱和晚餐，更是因为在此之上还有一些闪闪发光的东西。

夏天的时候，我参加了留守儿童结对活动，和我结对的是一个女孩。女孩家庭条件很困难，并且失去了父亲，和母亲、姐姐及弟弟相依为命。但是庆幸的是，这个女孩非常坚强懂事。我在了解完她的情况后，就想为她做点什么。

为此，我和冯先生商量，要不要把家里不穿的旧衣服送给她。

冯先生严厉地制止了我："现在你和她并不是十分熟悉，刚开始，你需要的是和她多接触，多互动，了解孩子到底需要什么，你再决定下一步要做什么。如果真的要送东西，也一定要买新的，不要送旧的，你要保护孩子的自尊心。"

我突然想起来很多年前，我家亲戚送旧衣服给我的那天，我妈妈的心情。于是我和冯先生主动邀请女孩和她弟弟来我们家做客，六姑娘非常热情地和他们一起玩游戏，看书，吃零食。我们带他们去了广场、影视城、图书馆这些他们基本没有来过的地方。渐渐地，女孩跟我越发熟稔。当圣诞节来临，我买了两顶漂亮的帽子，送到学校去找她的时候，她在人群里一眼就看见了我，兴高采烈地朝我跑过来。

遗憾的是，我送帽子的那天，被同去的其他志愿者拍了下来，发到了网络上。我有些担心和恐慌，我怕女孩会以为我是在作秀，拿她来渲染自己的善举。我怕她会以为我也如同电视上那些随处可见的慈善人物一样，要做一个高高在上的"救世主"，让她心中那份同样为人的骄傲轰然消失。

志愿者们在知道我的顾虑后，选择了不再宣传。我之所以把这件事写下来，并不是想要宣传自己多么有爱心，而是想告诉大家，帮助别人没有错，但是一定要选择好方式，不要弄巧成拙，伤了彼此的心。

马上要过年了，冯先生问我有没有给女孩准备新年礼物。我从衣橱里拿出已经买好的新羽绒服，他笑着点点头："新年里，你要鼓励她好好学习，自强不息，依靠我们只能做到力所能及的事，要想改变命运还需要自己的努力。不要在孩子面前表现出什么优越感，要注意你说话的语气和态度，多照顾孩子的感受。"

我把衣服放进袋子里，坐到他身边："冯先生，你真是一个善良的人。"

也许，在现实生活中，我们很多人并不能像那位德国老人、慈善家、企业家一样，把自己拥有的东西献给他人，但是我们能够做到在弱势者面前谨言慎行，不张扬自己的幸福，不显摆自己的富有。因为，懂得照顾别人的感受，也是一种善良。

善良其实很简单，有时候它甚至不用你做很多事，不需要你付出很多。你只需要在适当的时候把你的优越感隐藏起来，懂得体谅他人的感受，呵护他人的尊严。

如果你能做到，你也会是一个善良的人。

/ 3 /

我很少主动疏远朋友，但是上个周末聚会，我决定要疏远一个朋友。在下了这样一个决心后，我在朋友圈里发了一句话：你可以不仁慈，但是千万不要去打扰别人的幸福，这也是一种善良。

结果没想到，这样一句话居然引来了那天聚会的一干朋友的共鸣。

朋友聚会无非就是说说近况，吹吹牛皮，秀秀恩爱，再互相损两句，吃吃喝喝，热热闹闹。女人多了，自然离不开老公孩子这些话题，我们几个刚做妈妈的人凑在一起，又开始兴高采烈地互相交流经验。见我们这群新手妈妈们讨论这么热闹，在一旁玩手机的段敏突然冷冷地插了一句："我说你们能不能不要每天在朋友圈里发你们家娃的照片，搞得朋友圈跟幼儿园一样，全是奶娃娃。慕慕你最过分，你姑娘一日三餐你都恨不得贴上来，至于吗！"

如果说段敏是我们这群人中唯一没有孩子的人，我可能会为自己不懂体谅别人的心情而内疚。可是在这群朋友中，没有结婚、没有孩子的大有人在，她这又是发的哪门子神经？

大家消停了一会儿就开始吃饭，闲聊中，我们知道了年龄最小的林紫终于要订婚了，老公还是博士毕业，在一家大公司里做高管。作为朋友，我们纷纷向林紫送上祝福，也不乏言传身教她一些订婚前要准备的东西。就在我们为林紫高兴的时候，段敏突然问道："阿紫，你老公这么优秀，能跟你这么普通的人订婚，是不是有什么问题啊！再说了，他大学就没谈个女朋友吗？怎么拖到这么晚才谈恋爱？你可要打听好，万一等你结婚了才发现问题就晚了。"

空气一瞬间凝滞了，我突然很想把手里的窝窝头塞进她嘴里。

见到大家都沉默了，活泼的静静连忙招呼大家吃菜，气氛又重新热闹起来。只不过，坐在段敏身边的人，都把头扭到一边了。

饭吃到一半，冯先生打电话来问我几点回家，要不要来接我。我说不用了，我和朋友走着回去。于是他嘱咐我早回家，路上注意安全，便挂了电话。

坐在我身边的静静笑嘻嘻地跟我开玩笑："都老夫老妻了还这么黏糊，酸不酸啊！"我笑着跟她打趣，却没想到段敏又开口了："慕慕，我要是你家老冯，我就直接来接你，真有心，还打什么电话啊！"

多年来灌输的教养告诉我，一定不能在大庭广众之下跟人发生冲突，我忍！

再后来，饭桌就变成了段敏一个人的演讲台。她先是批斗了我们一干辣妈闲着没事晒娃，再批斗我们看起来幸福的婚姻，其实经不起推敲，最后总结我们这群女人四体不勤、五谷不分，头脑简单地被男人几句好话哄得团团转，也就是命好才嫁得舒心、过得惬意。

听完她的话，我特别想真诚地告诉她："姐，我们幸福不是因为命好，是因为我们都嘴下积德，心存良善。"

后来我才知道，段敏那段时间正在为老公出轨的事闹离婚。可即便如此，也不是你破坏别人幸福的理由。你的不幸让人同情，你的遭遇也许是因为你遇人不淑，但是这并不代表人人都会和你一样，用同样的方式过同样的生活。你可以倾诉痛苦，但不能以为别人幸福的里子都是痛苦。

每个人都有自己幸福的方式，有人的幸福来自一条美丽的裙子，有人的幸福来自孩子的亲吻，有人的幸福来自爱人的拥抱，有人的幸福来自深夜里那个等你回家的人，有人的幸福来自银行卡上增长的数字，有人的幸福来自一张张努力考过的证书。无论来自什么，我们都会因为这幸福的感觉而觉得温暖。

千万不要去打扰别人的幸福。在你眼中看到的不好，在别人的心里也许正是一种幸福。我们在朋友圈晒娃，是为了纪念孩子们美好的瞬间，是为了分享孩子天真无邪的成长，是为了和其他人交流养育孩子的经验；林紫的男朋友这么晚结婚，是因为他专心于学业，而忽略了个人问题；而冯先生不会主动来接我，是因为他知道我有饭后溜达的习惯。那些被隐藏起来不被提起的东西，并不能摧垮我们的幸福。

做一个善良的人吧，用一颗温暖的心去看待这个世界，用一颗善良的心去对待你身边的人。不去随意打扰别人最珍贵的幸福，是我们能做的、最简单的善举。

/ 4 /

我们当地有一位老人，走路一瘸一拐的，经常穿着我不认识的蓝色制服，拿着一个扩音喇叭。单位的隔壁是一所小学和一所高中，每天放学的时候，孩子们站着队走出来，老人就拿着喇叭，开始在路边唱自己编的快板："过马路，要注意，红灯停，绿灯行，小朋友，早回家，千万不要去网吧……"每每此时，孩子们都会笑嘻嘻地跟老人打招呼。

逢年过节的时候，在火车站或汽车站都能看到老人的身影，他一手拿着小喇叭，一手拿着快板，以自己创作的快板书向旅客宣传安全知识："打竹板，笑开颜，旅客同志听我谈。今天不把别的讲，专给小偷画个像。画像到底是啥样？听我给您说端详。贼眼乱翻瞅人群，拥拥挤挤硬靠人，身挡手触探虚实，得手抽身即逃遁。以上就是小偷像，大家务必要警惕！"

这是一位曾经感动了整个山东省的老人，名叫陈金良。他做过的好事数不胜数，大到从车轮下救出孩子，小到义务宣传安全知识，即使牺牲自己的时间、精力、金钱，他也总是乐在其中。

有很多人在想，他是不是在作秀？是不是想出名？是不是想要一些回报？我想，恐怕没有人会作秀几十年，也不会有人为了出名去做这些看似无用功的小事。

不过，回报总是有的。比如影响力，我们小城里的人，基本上都认识了老爷子；比如名声，作为首届感动山东十佳人物，老爷子当之无愧；再比如，别人的感谢。然而，老爷子做的都是些小事，极少有人会涌泉相报。至于陌生人，更多的是铭感于心，而后相忘于江湖。

那么，回报究竟在哪里呢？也许我错了，因为老人从一开始，就没有想过回报。他所做的这些事，完全出于他那颗良善的心。

就如首届感动山东十佳人物评选组委会的颁奖词上说的那样："没有惊天动地的瞬间，却把琐事缀成传奇，没有铁血豪情的壮举，却用真诚擦亮熠熠警徽。一个人做点好事不难，难的是一辈子做好事。持之以恒是金，助人为乐为良，陈金良用四十年的坚持，把雷锋精神融入了血脉。他是江北水城的一滴水，却映照了整个齐鲁大地的温暖与光辉。"

老爷子如今依旧一瘸一拐，拿着大喇叭，毫无形象地穿着制服，站在十字路卖力地说着快板。当有孩子从身边走过，喊他一声爷爷的时候，他的笑容会变得更灿烂。

我想，他一定是在这件事中得到了快乐。当我试着像老爷子一样去帮助别人的时候，看到别人因为我而喜悦，听到别人说出的感谢时，我的心里也充满了满足和快乐。当你感受到自己被需要的时候，当你感觉自己能帮助到别人的时候，便是自我价值实现的最高时刻。

从身边的小事做起，变成一股阳光，变成一份正能量，你的善良也许会在不经意间帮助到你，也许会在某个瞬间感染身边的人。

我在济南工作的时候，曾经遇到过一位出租车司机。那天夜里十点，我和同伴忙完工作准备回宿舍，机缘巧合坐上了他的车。司机师傅很关心地问我们怎么这么晚还没回去，我回答说加班。师傅很体贴，问我们有没有吃饭，要不要去附近的快餐店买点吃的，他在路边等我们，不加钱。我和同伴飞快地跑去买夜宵，回来的时候师傅果然在等我们。等车开到了宿舍，我付给师傅15元，因为还有等待的时间，可是师傅只收了我们10元。我问他为什么。

他给了我一个到现在都让我记忆犹新的回答："我

也有个女儿和你一样大。我希望，等将来她在社会上工作的时候，也能遇到好心人，像我对你们一样对她。"

善良让我们创造了一个美丽的良性循环，我感激那些陌生人曾经对我的好，所以，在遇到同样正在遭遇困难的人时，我也会伸出我的援手，因为我曾感同身受。"老吾老，以及人之老；幼吾幼，以及人之幼"，即使良性循环并非百分之百，但是至少，会有很多人被这个世界善良地对待。

这些年，我并没有遇到过那个司机师傅的女儿，可是我却觉得，因为他的善良，这个世界一定会对他有所回报！我一直都相信，如果没有被这个世界温柔相待，又怎么会知道如何去爱别人？因为知道被爱的感觉，才会愿意让更多的人得到这种感受。

就像陈金良老人，他不仅让我明白了这世界上的每一份善意都是值得我心存敬意的，更让我懂得了，良善不分你我，善良不分高低。

也许我们都是普通人，我们的话语在这个社会微不足道，但我们的善意举足轻重。别总是抱怨了，想要改变自己，就从温柔对待他人开始。你信不信，你真的能让这个世界更美好，哪怕只有那么一点点。

我想，这就是善良存在的意义。

世界很温柔，只是你没有看见

/ 1 /

这也许是一个人的故事，也许是很多人的故事。但是，不管这是谁的故事，我只想告诉你，其实，这个世界很温柔。

小七起床的时候，宿舍里已经没人了。她看了看手机，今天是她的二十岁生日，可是没有人记得，这让她有点难过。她总是记得宿舍里其他人的生日，总会精心为她们准备礼物。小七笑了笑，准备去吃饭。

食堂里的人已经很少了，小七决定不带回去吃，就在食堂解决算了。端着餐盘，小七正想找个位置坐下来，却不想被人从后面大力推了一把，手里的餐盘叮叮当当掉在了地上。

小七有点生气，扭过头去准备发火，却发现原来是在食堂打扫卫生的阿姨。阿姨不好意思地告诉她刚才地上滑，她差点摔倒，惯性让她推了一把小七。小七叹了口气，阿姨也不容易，饭既然已经撒了，就再打一份算了。没想到的是，当她再去窗口打饭的时候，已经没有饭了。

小七只好买了一个面包，一边吃一边准备去上课。路过水房的时候，她突然看见自己喜欢的那个男生正在跟一个女生有说有笑。小七连忙低下头，匆匆从水房走过。她觉得自己真丢人，手里还拿着没有啃完的面包，一点都不淑女。他喜欢的女生，应该是像刚才那样非常活泼的，才不会是像自己这样闷闷的。

到教室的时候，里面已经坐了很多人。小七远远看到靠近窗户的地方，正好有一个男生旁边没有人，她连忙走了过去。让小七没有想到的是，男生说座位已经有人了。没有办法，她只好走到教室最后一排坐下来，旁边靠着垃圾桶。更让小七生气的是，直到下课，那个男生旁边的座位上依旧是空的。

他真自私，小七愤愤地想。离开的时候她故意从男生身边走过，头也不回。

午饭依旧是一个人吃，她有点纳闷，平日里最好的朋友今天也推托说有课要晚点回来，可是她记得她们明明没有这个时间的课。

回到宿舍，小七打开电脑上了一会儿网，有点索然无味，还是睡一会儿吧。躺在床上的小七，有点郁闷。

时间一分一秒过去，她终于慢慢睡过去，仔细看，会发现她的眼角有一点湿润。

她不知道的是，宿舍里的其他人其实并没有忘记她的生日，大家是故意留她一个人在屋里，然后准备晚上给她一个惊喜。

她不知道的是，食堂里那个打扫卫生的阿姨是故意推她的，因为那份饭是昨天晚上的，被售饭的黑心商人卖给了她。

她不知道的是，那个男生很远就看见了她的身影。他看见她像小鹿一样小心翼翼地偷瞄自己，嘴角还沾着面包里的果酱。他一直想是不是该表白了，可是他还是怕吓到她。

她不知道的是，教室里的那个座位其实是坏掉的，男生刚和人打了赌，不说出真相会不会有人非要坐。

她不知道的是，等她醒来，会有更大的惊喜在等着她。

你有没有被这个世界温柔地爱过呢？

办公室里的老阿姨说："去菜市场买菜，推着满车子菜爬坡，后面有个陌生的小伙子，笑嘻嘻地跑过来帮忙。楼门的锁坏掉了，要从里面打开，而自己忘记带楼下的钥匙了，只好摁邻居的门铃，听到是我，他二话不说，从五楼跑下来给我开门。"

对面新来的小姑娘说："去食堂打饭，只剩下几个窗口有菜了。我去了一个看起来很开心的中年大叔的窗口要了一份宫保鸡丁。大叔盛了一碟菜，递给我的时候看了我一眼，又把碟子拿回去，用大勺子又添上满满一勺，那些鸡丁从盘子里直往外溢，然后递给我说：'姑娘自己离家在外多吃点儿，你看你那么瘦！'"

闺蜜橙子说："一个人去旅行的时候迷了路，像个傻瓜一样在公路上哭。有人开车从我跟前驶过，几秒钟后停下，又倒回来。车窗落下，一个年轻姑娘问我怎么了。我告诉她我找不到路了，姑娘哈哈一笑：'走吧姐们儿，我带你去！'那次旅行让我知道了，这个世界上，好人比坏人要多得多。"

老爸说："跑长途的时候半夜车坏掉了，四周都是黑漆漆的，前不着村后不着店，我和副驾驶俩人怎么修也没把车发动起来。不久，驶来一辆货车，不紧不慢地停下，问我们是不是需要帮助。那天很冷，他帮我们修好了车，忙了半个晚上。我要给他钱的时候被他拒绝了，他说谁出门都有遇到麻烦的时候，与人方便就是给自己方便。"

老妈说："去超市买东西，出来的时候下雨了，在门口等了一会儿，看车子的老大爷说他那里有雨伞，可以先借给我。"

老妹说："有一次在放学回家路上，看到一个环卫阿姨的三轮车不小心碰到奔驰男的身上了。那男人穿得光鲜靓丽，却没素质到家，各种辱骂和叫嚣，阿姨吓得都不敢说话。我一时脑热替阿姨出头，跟那没品的男人对吵，说是对吵，其实我根本不是他的对手，同样被他各种辱骂，而我反反复复只会说'你什么素质，是不是男人'之类的。后来围观的人越来越多，那男人也觉得不好意思，便识趣地走了，而我被各种骂之后回头一看，那阿姨在我们吵架期间自己溜了，顿时觉得自己好委屈。这时候两个正在上小学的小姑娘走到我面前大声跟我说：'姐姐，你好勇敢！真厉害！'"

冯先生说："打球的时候，身上没带钱，卖水的阿姨二话不说递给我一瓶水，让我放心喝。去陌生的城市出差，遇到性格豪爽的出租车司机，告诉我哪里的酒店不能住，哪里的东西好吃，哪里的风景最好看。"

是啊，大家都记得那些曾经帮助过我们的陌生人。正是因为他们的存在，才让我们感受到了这个世界的温柔。也许你会说，我从来都没有遇到过这样的事情，这个世界对我一直很冷漠。

我只能说，不是世界对你冷漠，而是你对这个世界也并不温柔！人一辈子不知道可以走多远，但一路上总会遇到惊艳的风景，要怀揣感恩之心，努力做个好人，让自己也成为别人眼中的风景。即使做不了别人的贵人，也别做别人的小人和坏人，最起码要是个好人。

办公室里的老阿姨，从来都是笑呵呵的，看到谁有困难，都会主动帮一把。新来的小姑娘最爱笑，不管和谁说话都是一副笑眯眯的模样。橙子是一个胆大的傻大姐，她曾经在路边捡过很多迷路的人回家，她家的沙发，睡过很多背包客。我家老爸老妈都是典型的山东人性格，实在，不管什么时候，只要他们能帮到的，绞尽脑汁也会帮你忙。老妹是个嫉恶如仇的女汉子，路见不平一声吼对她来说是家常便饭。冯先生就不用提了，一个看电影都会被感动到哭的男人。

你看，只有你对世界笑了，它才会对你笑啊！

这个世界其实并没有想象中那样美好，但是也不完全都是黑暗。总有人觉得生无可恋，但是也总是有人过得逍遥自在。我们不能改变这个世界，那么我们唯一能做的就是改变自己。也许你会说，你看，你又开始煮鸡汤了。说实话，我并不知道要如何改变一个人，我只是知道，我们每个人都要学会面对和接受。

请一定要相信那些美好的东西，千万不要仅仅是因为迷恋美好的东西带给你的愉悦。你也必须承认这个世界的缺陷，但不要沉浸于缺陷与黑暗可能带来的痛苦。

面对这个世界不美好的一面，你就要接受自己并不完美的事实。对于我们人类来说，承认自己不行，是一件非常有勇气的事情。我们可以从这些问题里发现自己的不足和优点，然后用自己的力量和知识，努力做好你正在做的事情。最后，你会发现，其实这个世界对每个人都一样。

这个世界并非不好，不过是我们未曾对它好罢了。

你若盛开，风和蝴蝶一起来

/ 1 /

在我的心里存留超过一年以上的梦想有四个：去旅行、写一本书、学会跳拉丁舞以及做电台主持。

第一个梦想比较耗费时间和金钱，但是从经济独立的那天开始，这个梦想就在一点一滴地实现。我知道旅行这件事对很多人来说也许很容易，但是我却觉得旅行的意义并不在我去了哪些地方，而是我在为去这些地方的时候做过什么事情。现在，六月也加入我的行万里路计划之中，小姑娘已经懂得把零花钱放到盒子里攒起来，每当问她要做什么的时候，她会说，我要和妈妈去看世界。

第二个梦想是在我初中那年萌发的，到今天已经有十八年了。这十八年里，我没有放弃过对这个梦想的追求。但是我们总得承认，这个世界上有很多事并不是靠激情就可以做好的，有些东西需要天赋。同时我也相信，有些东西并不是努力就一定会成功，但是如果你不努力，那么一定不会成功。

　　忘记了是谁曾说过，成功就是简单的事情重复做，而写作这条路，真的没有捷径可言。这些年我写过武侠，写过言情，写过鬼故事，写过童话，甚至写过散文。我不停地在尝试，不怕一次次头破血流被退稿，也不怕发表在网络上被嘲笑。在追逐梦想的路上，更多的是让我们越来越多地发现一个更好的自己。有时候我也会心灰意冷，因为写作这件事真的很寂寞，但是有时候我也会觉得希望就在前方，因为我总是能遇到志同道合的朋友。

　　也许，我到了三十岁还没有出版过一本书。也许，我到了四十岁依旧没有出版过一本书。但是我觉得我会一直写下去，上天总会眷顾每一个为梦想努力的人。

　　第三个梦想是在我上大学的时候萌生的。那个时候我们宿舍舍长暑假在家学了拉丁舞，回来上课的时候就在宿舍里跳给我们看，看着她柔软的腰身和美丽的舞姿，我羡慕又渴望。梦想的力量总是强大的，它如同一团热火日日煎烤着我的内心。毕业后我就报了拉丁舞培训班，但随之而来的却是艰难的基本功训练。可是，人一旦做自己喜欢的事情，不管多难，想来都一定是非常开心的。一天四个小时的基本功，从开始的枯燥和痛苦，到最后的熟练和愉悦，我终于开始相信努力的意义。

可惜的是，在拉丁舞培训班我只学会了两首曲子，尽管如此，我依旧觉得非常骄傲。因为我终于顺利实现了一个梦想，让我在三十岁的时候终于可以骄傲地告诉我的女儿，来，妈妈教你跳支舞。

第四个梦想和我的闺蜜有关。她是我们本地的电台主持人，去找她的时候总能碰到她在播音，温柔的声线通过电波传递到大街小巷。每当梦想敲门的时候，我都会认为自己回到了青春期。先是苦练普通话，含着一口水读课文，直到腮帮子酸痛口水直流。明明知道电台不会随便让人播音，却依旧忍不住去对电台主任软磨硬泡。

当你为梦想努力的时候，全世界都会为你让路。架不住我的折磨，加上我普通话好歹过关，好友终于说通主任让我跟她搭档了一次。

美梦成真的感觉很美妙，尽管短暂，却能更加让人相信有梦就要追。我不知道这个世界上到底有多少人会真的为自己的梦想而努力，当你口口声声说着自己的梦想时，你有没有想过你为你的梦想做过什么？

我的梦想曾经被很多人笑话，在他们的眼里，这些不靠谱的梦想就是一个女生的白日梦。每一次追逐梦想，都会让我思考，我到底要不要坚持。可当每次梦想成真的时候，我都会惊喜地发现，在这个过程里，我变成了更好的自己。

梦想不是用来想的，而是用来实现的。每一个梦想都不会随意实现，总会遇到很多困难，但是我们总得知道，自己到底在做什么！是什么让我们有了继续坚持下去的勇气！

当梦想成真的时候，你才会发现，有些事，并没有想象的那样难！

/ 2 /

六年以前，我认识了八重樱妖，当然，这不是她的真实名字，只是笔名。她年长我几岁，我喊她妖姐。彼时我是论坛里鼎鼎有名的版主和写手，她在我每一篇文章后面跟帖，回复得格外认真。

妖姐非常喜欢写故事，却总也写不好。她告诉我她是工厂收发室里负责发报刊的人，最不起眼、最不重要的岗位。平日里的时间大把，她除了上网就是看书，幸运的是，她还是一个有追求的人。

后来妖姐加了我的QQ，我们开始在网络上聊天，她会把她写的一些东西发过来给我看。闲得没事的时候，我也用红色字体帮她涂涂改改。再后来，妖姐突然跟我说，她要投稿，要在女儿最喜欢的杂志上发表自己的文字。她说："我要把八重樱妖这个名字印在书上，慕慕，你要帮我。"

她说这句话的时候，我很佩服她。梦想从来不晚，只要你想，就一定会有。

妖姐刚开始写稿子的时候，我们有过大量的交流。后来，我把一些编辑的QQ推荐给她，她便开始和大家聊天投稿。

曾经有很长一段时间，妖姐常常会给我发过来一个痛哭流涕的表情——又被毙稿了。但是妖姐又是固执的，她不停地修改，推翻重写。但凡有过投稿经验的人都会知道，自己辛苦写出来的东西被打回，总是一件令人不舒服的事。可妖姐没有抱怨，她知道自己的年龄已经有点大了，只能通过努力和勤奋不断地充实自己。

每一个向梦想靠近的人，都有一段辛苦的时光。妖姐买了大量的杂志，阅读，研究，写作，然后投稿。我记不得她到底写过多少篇稿子，也记不得她对着我哭过多少次，我只是知道，她成功了。

三十多岁的妖姐，终于在自己女儿最爱的那本杂志上，留下了自己的名字。再后来，便是一发不可收拾，她先后发表了数篇大大小小的文章，还出版了自己的长篇小说。

妖姐是我心中最传奇的存在，从当年那个只会在帖子后面跟帖的小粉丝，变成了现在的大神。梦想让她变成了更好的人，这是她从来都没有想过的。

在实现梦想的路上，从来都不存在一帆风顺。但是，每个人都有实现梦想的能力，只要你目标清晰，拥有坚定的行动力，梦想就一定不会是空想！

再卑微的梦想也值得被尊重，那些卑微的小梦想，请一定一定坚持下去，相信我，前面会有大大的温暖和幸福。

最后，愿每个拥有梦想的我们，都能够梦想成真！

你一无所有，你拥有一切

刚步入社会的时候，其实是个很尴尬的年纪，也是一个很迷茫的年纪。你不知道未来要从事什么样的工作，不知道会不会有朋友在远方，不知道能不能和身边的人白头到老，或者能不能遇到生命中的唯一。

我们不知道自己能拥有什么，但是我们却能知道我们想要成为一个什么样的人。

　　每个人都会慢慢长大，长大的道路从来都不会一帆风顺，这是一个不断摸索不断选择的过程。在这个过程中，我们有时候会弄丢自己，有时候会找到自己，有时候会变成更好的自己。但是不管怎么样，都不是最坏的人生。

　　这个世界最可怕的永远不是选择错误，而是选择之后你开始放弃，并且自欺欺人地继续这样的生活，只有想象中的改变，而没有实际的行动。

　　当我们看着同龄人过得比自己好的时候，除了羡慕和抱怨之外，我们更应该做的就是想办法改变自己的生活状态。

　　也许你想要当学霸，但是你觉得你没天赋，那么你就去努力，每天早起去学习，放下手机关上电脑，认认真真做一套题，读一本书。也许你想要考研，但是你又觉得你没底气，那么你就乖乖去背单词做题，什么都不要想，什么都不要说，低头努力抬头看天。也许你想要追一个优秀的人，但是你觉得你跟他根本不相配，那么你就想办法把自己变成更好的自己，扩展自己的交际圈，学会简单的化妆和服装搭配，不看脑残的电视剧，多看一些有深刻意义的电影，少无病呻吟，有时间就去健身，再不济可以学一种舞蹈。也许你想要拥有更美好的明天，却又觉得你没有方向，不妨多和有内涵的人聊聊天，尝试着去认真做好每一件事，你总会发现有些领域是你最擅长、最拿手的。

努力未必会成功，但不努力一定不会成功。有些事你必须做了才知道，到底是对还是错。但无论你把自己的人生变成什么样子，都要有自己能够承担的勇气。

二十多岁的我们也许真的什么都没有，那么就不要去妄想一出校门就拥有那些成功人士的阅历经验以及财富，毕竟那不现实。我们手上有的，只有苟延残喘的青春和一腔激情，就是这些看似不起眼的东西，却能在最初决定我们未来拥有什么。

在一个人通往梦想和成功的路上，会遇到很多人，很多事。有的人会和你成为朋友，有的人会无缘无故就对你仇恨万分，有的事情顺风顺水，有的事情千辛万苦。但是无论遇到什么，该成功的一定会成功，谁都挡不住。在这条路上最终能成功的人，有太多太多的普通人，他们的最初和我们一样什么都没有，却能脚踏实地创造出自己想要拥有的一切。

用最近流行的一句话说：不忘初心，方得始终。那些成功的人所拥有的秘诀，无非是温暖、善良、坚强、勇敢以及执着。无论外力如何变化，都坚定不移地朝目标前进，内心的笃定让他们无所畏惧。

也许我们此生都无法达到很多成功人士的高度，但是我们至少可以在老去的那天不会觉得遗憾。

如果我们在自己的青春里为梦想奋斗过，我们在自己应该努力的日子里没有虚度过，我们在自己最美好的时光里狠狠地爱过。那么，就算白发苍苍，满面皱纹，我们也可以牵着小孩子的手，告诉他们：其实你拥有一切，什么都不缺！

其实你拥有一切，什么都不缺

后 记

一路忐忑，终于到了后记。

写这些故事的时候，我一直在想，作为芸芸众生里最普通的小人物，我的这些故事，会有人喜欢吗？

故事里有很多人，有你，也有我。我不是一个好的鸡汤写手，我无法告诉你到底要怎么做才能成功，我也无法用任何东西来向你证明其实你拥有很多东西。这个世界上最华丽的是文字，最苍白无力的也是文字。

人只能通过阅读和理解来提升自己，却不能从中找到改变自己最有效的方法。我不是你，我只是站在我的角度写了这些文字。我很普通，不是白富美，没有高学历，没有在世界五百强工作过，也没有出过国门。我甚至没有开过情感一类的专栏，没有人给我写信咨询，也没有人给我留言询问过这样或者那样的问题。我是小人物，我生活在市井民间，但是我活得很快乐。

我只是写了一些故事，写了一些自己的看法，鸡汤也罢，毒药也好，不管外界怎么评价。世间最本质的道理就那么多，遵循世间本质的道理，做自己想做的事情，义无反顾。

我遇到过很多人，听过很多故事。不过我想，总有一个故事与你的经历相似吧！人生总不过那么点事，有人家境不好，有人工作不好，有人感情不好，有人身体不好，更或者你觉得自己什么都不好。可是你有没有想过，也许很多人并不像他们表现得那么好呢？谁都没有义务撕开自己的伤疤让人参观，所以，我们还是过明白自己的日子就好了。

我讲不出什么高深的大道理，也写不出什么名言警句，可是我就是想用这些故事告诉你们：在我们的人生中，总有这样那样的不如意，而这才是整个世界本来的模样。我们每个人都在得到和失去中交替，在绝望中自暴自弃，在希望中努力成长。所谓生活不过就是笑笑别人，再笑笑自己。笑完之后，还要大步流星

其实你拥有一切，什么都不缺

地向前走，哪怕山高水深路又远，哪怕无人相伴在身边，你都得相信，当你看到这里的时候，我已经陪你走了一段。

这个世界最大的善意是，只要活着不死，只要不断追求，你都能在这世界上拥有一席之地，每个人都会有自己的出路。